मराठी की श्रेष्ठ कहानियाँ

सम्पादक

विजय बापट

नया साहित्य
कश्मीरी गेट, दिल्ली-६

मूल्य : ₹ 195/- (एक सौ पचानवे रुपये)

प्रथम संस्करण : 2009 तृतीय आवृत्ति : 2011

ISBN : 978-93-80300-16-0
MARATHI KI SHRESHTH KAHANIYAN (Stories)
edited by Vijay Bapat
Printed at Deepika Enterprises, Delhi

नया साहित्य, कश्मीरी गेट, दिल्ली–110 006

मराठी की श्रेष्ठ कहानियाँ

मीरा

ना. सी. फड़के

पूरबी बरसात शुरू हुई। पल-भर तक ज़ोर से पानी गिरता रहा। मीरा के घर के सामने वाली सड़क पर रुका हुआ पानी नाली से सपाटे से बहने लगा। गर्मी के मौसम में इकट्ठा हुए फूल, पत्ते, कपड़ा, कागज के टुकड़े पानी के साथ बह गए। उसी में फोटो का बड़ा-सा हिस्सा, आड़ा-तिरछा घूमता हुआ, पानी में डूबता-उतराता निकल गया—अदृश्य हो गया।

फोटो का वह हिस्सा नाली के एक दरार में कई दिनों से अटका हुआ था। हवा चलते ही वह फड़फड़ाता रहता। फड़फड़ाते वक्त किसी नागिन के फन जैसा दिखाई देता था। पर कितनी ही जोर से हवा क्यों न चले, वह उस दरार से मुक्त न हो पाता था। आज वह मुक्त हो गया। पानी की पहली बौछार का पानी नाली से बहने लगा—उस पानी के साथ वह टुकड़ा बह गया। बचे हुए टुकड़े हवा के साथ कभी के उड़ गए थे। यही एक दरार में अटका हुआ था, वह भी आज चला गया। अदृश्य हो गया। मीरा की नृत्य-कला की प्रवीणता का बचा हुआ अन्तिम प्रमाण खत्म हो गया। एक समय था जब मीरा खूब अच्छा नृत्य करती थी—लोग-बाग कहते, "यह आगे चलकर काफी प्रगति करेगी।" पर आज इस बात का प्रमाण, आखिरी गवाह भी अदृश्य हो गया।

मीरा नौ साल की थी तब नृत्य ही उसका जीवन था। और लड़कियों की तरह वह भी स्कूल जाया करती थी। पर गणित, इतिहास, भूगोल, भाषा आदि विषयों में उसका दिल ही न लगता था। हर साल वह जैसे-तैसे पास हो जाती थी। उसकी टीचर भूगोल पढ़ाती पर मीरा मन ही मन तबले के ताल की याद किया करती—'तत्तत् थुन् थुन् दिगदा...' जब टीचर उससे सवाल पूछती तब वह होश में आती और सवाल का जवाब न दे पाती। टीचर गुस्से से पूछती, 'मीरा तुम्हारा ध्यान किधर था?' मीरा निरुत्तर हो जाती। टीचर बोर्ड पर कुछ लिखकर बताती तब टेबल के नीचे मीरा के पाँव नृत्य की प्रैक्टिस में लग जाते। सालाना

इम्तहान में कैसे पास हो जाती थी, भगवान ही जाने। नटराज की कृपा ही समझना चाहिए।

मीरा के टीचर और हैडमिस्ट्रेस को मीरा का नृत्य सीखना कतई पसन्द न था। वे हमेशा मीरा के पिताजी के पास स्लिप्स भेजा करती थीं और उनमें यही शिकायतें रहतीं कि मीरा का ध्यान पढ़ाई में नहीं लगता। पर दादा साहब ख्याल ही न करते। उन्हें इस बात का विश्वास था कि नृत्य-कला में मीरा प्रवीण हो जाएगी और नाम कमाएगी। मीरा भी माँ-बाप के बढ़ावे पर उन्नति किया करती थी। दस साल की उम्र में ही उसका नाच चमक गया था। चारों ओर बोलबाला था। जगह-जगह उसके नृत्य होने लगे। उसे इनाम मिलने लगे। समाचार-पत्रों में उसकी तारीफों के पुल बाँधे जाने लगे।

मीरा जब अठारह साल की हुई तब उसका नाम नृत्य-कला में खूब चमक चुका था। स्कूल की पढ़ाई पूरी कर वह अब कॉलेज में पढ़ रही थी। कॉलेज में भी उसका नाम था, पर पढ़ाई से नहीं बल्कि नृत्य की वजह से। उसके नृत्य के प्रोग्राम अब अन्य शहरों में भी होने लगे थे और दूर-दूर से उसे बुलावा आने लगा। हर जगह उसके प्रोग्राम सफल होने लगे। लोग उसके नृत्य पर लट्टू थे। उसके नृत्य सिखाने वाले गुरु उस पर खुश थे। उसकी माँ और उसके पिताजी प्रसन्न थे। मीरा पर उन्हें विश्वास था कि वह नाम और पैसा दोनों ही कमाएगी। इधर-उधर की औरतें उसकी माँ से पूछने लगीं, "आखिर आप मीरा की शादी कब करेंगी?" मीरा की माँ उनसे कहती, "देखेंगे, इतनी क्या जल्दी है? अभी तो वह छोटी है।"

वाकई मीरा के माँ-बाप का यही ख्याल था कि मीरा अभी छोटी ही है। बीस साल की होने पर भी उन्हें आठ-दस साल की ही लगती थी। मीरा ने नृत्य में जो प्रगति की थी वह तो जाहिर ही थी। पहले वह छोटी थी और अब शरीर और मन से बड़ी हो गई है। यह बात उनकी अन्धी आँखों से दिखाई ही न देती थी। उन्हें अभी वह 'बेबी' ही लगती थी। अब भी उसका ध्यान पढ़ाई की ओर न रहकर नृत्य की ओर ही रमा करता था, उसी तरह अब भी उसका मन नृत्य के अलावा अन्य किसी बात में न रमता होगा, यह ख्याल उन लोगों का था।

कॉलेज की पढ़ाई में भले ही उसका मन न लगता हो, पर नृत्य के अलावा दूसरी बातों में उसको दिलचस्पी न हो, वह उम्र तो अब खत्म हो चुकी थी। उसके मन को आकर्षित करने वाली कई बातें थीं। हमउम्र सखियों में वह रमा करती थी। पुरुषों की प्रशंसा करने में उसे मजा आने लगा था। युवकों की प्रशंसा के

क्रम

स्थान पर वह उनकी आँखों के हाव-भाव को निहारने लगी। युवक उससे बातें करते, पर वह उनके मन की बात जानने की उत्सुक रहने लगी। उसे लगने लगा कि युवकों के साथ कुछ अजीब आनन्द आने लगा है और वैसी चाहना उसे अधिक हाने लगी। छुटपन में नृत्य करते वक्त जो हाव-भाव यान्त्रिक तौर पर होते थे, वे अब उसके मन में नई-नई कल्पनाएँ निर्माण करने लगे। केवल नृत्य के दौरान ऐसी भावनाएँ व्यक्त करने में उसे समाधान महसूस न होता था। उसके मन में एक अजीब हलचल शुरू हो गई थी। उस हलचल को वह खुद ही न समझ पा रही थी।

उसको नृत्य सिखाने वाले गुरु ने उसके साथ के लिए एक वायलिन-वादक लगाया था। वायलिन की संगत से उसके नृत्य में एक विशेष निखार आ गया था। रोज़ाना तैयारी के वक्त या प्रोग्राम में किसी-किसी जगह माधव ऐसे कुछ सुर निकालता था कि देखने वाले दंग रह जाते थे और नृत्य-शिक्षक माधव की ओर देखकर 'वाह-वाह' कर उठते थे। वायलिन के खास-खास झटके माधव ने निश्चित-से कर लिए थे। और उस तरह बजाने पर मीरा माधव की ओर देखा करती थी। वह उसकी ओर देखा करती थी। वह हँस देती तो वह भी हँस पड़ता था। मीरा के मन की बात वह समझने लगा था। मीरा मन ही मन 'शाबाश' कहती थी, वह समझ लेता था। उसका मन भी शाबाश कहता था और मीरा सुन लिया करती थी। सब लोग माधव की प्रशंसा करते और मीरा खुश हो जाती—फूली न समाती, माधव से कहती, "लोगबाग तुम्हारे वायलिन पर खुश हैं।"

वह पूछता, "मतलब तुम खुश नहीं हो?"

"लोगों में मैं भी तो आ जाती हूँ।"

"इस तरह मेरा समाधान न होगा। तुम खुद-ब-खुद तारीफ करो वही मुझे चाहिए। मेरा वायलिन बजाना तुम्हें कैसा लगता है?"

"कहने के लिए क्या बचा है? स्टेज़ पर नाचते वक्त भी तो मैं इशारे से तुम्हारी तारीफ किया करता हूँ। तुम्हारा साथ न हो, तो मेरे नृत्य में वह चीज आ ही नहीं सकती।"

"तुम तो खामोखाह तारीफ के पुल बाँधे जा रही हो। तुम्हारी नृत्य-कला की प्रवीणता के कारण ही तो मेरे वायलिन में रंग जमता है। तुम्हारी कला को चमकाना यही मेरा काम है। तुम्हारे साथ वायलिन बजाने में अपूर्व आनन्द आता है।"

"बस, बस, बहुत हो गया, क्यों बेकार बातें हाँक रहे हो!"

पूना में एक संगीत परिषद् हुई। इधर-उधर से काफी गायक और नर्तक परिषद् में आए। पहला इनाम मीरा को मिला। चारों ओर वाह-वाह होने लगी।

माधव मीरा से बोला, "तुम्हारी जितनी तारीफ करूँ, थोड़ी ही है। पर संकोच महसूस होता है।"

मीरा ने हँसकर पूछा, "संकोच किस बात का?" वह बोला, "सारी दुनिया तुम्हारी तारीफ कर रही है, फिर मेरी तारीफ की क्या कीमत?"

"ऐसा ना कहो। बल्कि मैं तो राह देख रही हूँ कि तुम कब मेरी तारीफ करोगे।"

"सच?" यह बात होगी, उसे अपेक्षा न थी। उसका चेहरा एकदम खिल उठा। वह हँस दिया और उसकी पीठ ठोककर बोला, "सच कितना अच्छा नाचीं तुम!"

"फिर बेकार की तारीफ करने लगे।" वह हँस दी और उसकी ओर बड़ी-बड़ी आँखें कर कुछ गुस्सा हुई।

वह पल-भर चुप रहा और फिर बोला, "मेरी एक बात मानोगी? तुम्हारी सिर्फ तारीफ कर मेरा मन सन्तोष नहीं कर पा रहा। मैं तुम्हें फीस्ट देने वाला हूँ। मेरे साथ आओगी?"

"तुम्हारे घर पर?"

"मेरा घर कहाँ है। मेरे माँ-बाप नहीं हैं।"

"अरे!"—मीरा ने उसाँस ली।

"किसी अच्छे होटल में चलेंगे। चलोगी? बाबा साहब से मैं पूछूँ?"

मीरा ने एकदम हाथ से उसका मुँह बन्द कर दिया और गर्दन हिलाकर कहा, "ना। उनसे ना पूछो। वे मना कर देंगे।"

"पर मेरी तो खूब इच्छा है। मुझे निराश करोगी?"

उसका स्वर मीरा के मन को चुभ गया। वह उसे निराश न कर सकती थी। पिताजी आज्ञा न देंगे इस बात को वह जानती थी। इस झमेले में फँसने का उसका पहला ही मौका था। उस जैसी नवयुवती के मन में जो आ सकता था वह आया—कपट! मीरा एकदम हड़बड़ा गई, पर पल-भर ही। नवयुवती के मन में कपट आने के साथ ही साहस भी आ जाता है। माँ-बाप को बिना बताए, मन की बात करने को जी चाहता है—वही उसकी भी चाहना बन गई। मीरा माधव से बोली।

"तुम्हें निराश क्योंकर करूँगी? मैं आऊँगी। जिधर कहोगे, उधर आऊँगी। किसी को बगैर बताए ही आऊँगी।"

“थैंक्स।” हँसते हुए, धीरे-से कहकर माधव ने मीरा के हाथ अपने हाथ में ले लिए।

पहली बार कपट करते वक्त मीरा ने निश्चय किया था कि आइंदा इस तरह वह न करेगी। पर नवयुवतियों के इस तरह के निश्चय कभी टिकते नहीं हैं। पहली बार कपट करना कठिन लगता है, पर आगे चलकर वही सरल-सा लगने लगता है। अजीब सुख का अनुभव होता है। सुख का खिंचाव खींचता रहता है। कपट की कठिनाई के स्थान पर मन उन्हीं बातों में रमने लगता है... माधव के सहवास की भूख मीरा में बढ़ती गई। दोनों जान गए थे कि वे एक-दूसरे के प्रेम में फँस चुके हैं। चोरी से वे कई बार मिलने लगे। इस तरह के मिलने में मीरा माधव से कहती, “डैडी को कहीं मालूम पड़ गया तो?”

वह कहता, “छोड़ो भी, उन्हें कैसे मालूम होगा?”

“फिर भी मुझे डर-सा लगता है। और चोरी-छिपे मिलना अजीब-सा लगता है—ऊब-सी होती है।”

एक बार माधव ने उससे कहा, “मुझे भी इन बातों से ऊब होने लगी है। मेरे मन में कई बार आता है कि बाबा साहब से जाकर कहूँ कि मेरा मीरा पर प्रेम है।”

उसने अपने पंजों से उसका मुँह चुप कर दिया और बोली, ‘ना, ऐसा न करना। इस तरह की भूल करोगे तो मेरी कसम है।”

“पर यह चोरी-छिपे कब तक चलेगा।”

“जितने दिन तक चल सके। जब ऐसी बारी आएगी तब देखेंगे?”

मीरा इस बात को जानती थी, ऐसी बारी इतनी जल्दी न आएगी। अभी काफी समय है और जब तक समय है तब तक चोरी-छिपे मुलाकातों का आनन्द लेना चाहिए।

पर एक दिन उसे नृत्य सिखाने वाले शिक्षक रोजाना की तरह आए। वह पाँव में घुंघरू बाँधने लगी। शिक्षक ने तबला मिलाया और कहा, “हाँ, शुरू करो।” वह उनसे बोली, “पर माधव को तो आने दीजिए?”

“वह नहीं आएगा,” वे बोले।

“क्यों?”

“बाबा साहब ने मना कर दिया है। वायलिन बजाने वाला कोई और देख लेंगे। जल्दी ही मिल जाएगा। उसकी क्या कमी है? चाहे जितने मिल जाएँगे। माधव से भी अच्छा देख लेंगे। अच्छा शुरू करो।”

मीरा को पल-भर लगा कि घुँघरू निकालकर फेंक दे और मास्टर साहब से कह दे कि वह नहीं नाचेगी। पर उसने अपनी बात मन में ही रहने दी। उसने सिर्फ यही पूछा, ''डैडी ने माधव को क्योंकर मना कर दिया? क्योंकर?''

मास्टरजी बोले, ''मैं क्या जानूँ? उन्होंने तो सिर्फ यही कहा कि वायलिन वाला और कोई देख लीजिए। माधव को मैंने मना कर दिया है।''

मीरा कुछ न बोली। रोजाना की तरह उसने प्रैक्टिस की, पर उसका मन न लगा। माधव से मिलने का ख्याल चक्कर काटता रहा। उससे मिलने के लिए उसका मन बेचैन था। वह घर पर बेचैन थी। माँ-बाप की बात वह जानती थी। उन्हें भुलावा देकर वह जाने वाली थी। कॉलेज में जाते वक्त उसने माँ से कहा, ''आज कॉलेज में एक लेक्चर होने वाला है। मुझे घर आने में कुछ देर होगी।'' उसकी माँ बोली, ''ज्यादा देरी न करना।'' ''नहीं करूँगी।'' कहती हुई वह घर से बाहर निकल गई और कॉलेज जाना छोड़कर वह माधव के कमरे पर जा पहुँची।

उसके पास जाते ही उससे गले लिपटकर वह रो पड़ी। बोली, ''अब क्या होगा?''

वह उसे थपथपाकर बोला, ''मीरा तुम न घबराओ। हमें कोई अलग नहीं कर सकता।''

''पर डैडी को कैसे मालूम पड़ गया?''

''पता नहीं।''

''डैडी तुमसे क्या कह रहे थे?''

''बस, यह समझो कि मार नहीं लगाई।''

''तुमने उनसे कुछ कहा?''

''मैंने तो सिर्फ यही कहा था कि मीरा पर मेरा प्रेम है। मैं उससे शादी करूँगा। उन्होंने कहा और तुम उससे मिले तो ठीक न होगा।''

''फिर अब क्या होगा।'' मीरा फिर सिसकने लगी? उसके बालों में उंगलियाँ डालते हुए माधव बोला, ''तुम्हारे घर के लोग चाहे जो कहते रहें, मैं तुम्हें न छोड़ूँगा। हम लोग कहीं भाग चलें।''

उसकी बात सुनकर मीरा आश्चर्य और भय से सहम गई। ''भागकर कैसे जा सकते हैं?'' कहकर उसने माधव के गले में हाथ डाल दिए।

माधव ने उसे सीने से लगा लिया 'सुनो' कहकर उसने भागने की एक योजना सुना डाली।

माधव के कमरे से निकलकर मीरा घर वापस आने के लिए जब चल पड़ी, तो उसकी अवस्था, मनःस्थिति अजीब-सी हो गई। वह जल्दी ही माधव के साथ

भाग जाने वाली है। इस कल्पना-मात्र से वह फूली न समा रही थी। पर उसी के साथ घर के लोगों का भय भी लग रहा था।

बाद के दो-तीन दिन वह होश में ही न थी। जिस घर में वह रह रही है उसे हमेशा के लिए छोड़ देना है। इस बात को वह जानती थी और माधव के साथ भाग जाने पर सारा विरोध, सारा मनःस्ताप खत्म हो जाएगा, इस विचार से उसे काफी तसल्ली महसूस होती थी। और वह पल-पल गिनने लगी। उसके मन को परेशान करने वाली एक ही बात थी कि कहीं घर के लोगों को उसके भाग जाने की बात ज्ञात न हो जाए। और वह इसके लिए प्रयत्न भी करती थी...पर 'जल्दी ही जंजाल खत्म हो जाएगा।' यही बात अपने दिन से कई बार कहे जा रही थी। शुक्रवार को डैडी के ऑफिस जाते ही वह कॉलेज जाने के निमित्त बाहर निकलने वाली थी और सीधे माधव के कमरे पर जाने वाली थी। अपनी जिन्दगी उसके हवाले कर देने वाली थी। फिर कभी वापस न आने वाली थी।

पर शुक्रवार को बाबा साहब ऑफिस में गए ही नहीं। मीरा उनके जाने की राह जोह रही थी। वे जब न गए तब उसे आश्चर्य हुआ। वह हड़बड़ा गई। उससे न रहा गया। उसने तब उनसे पूछा, "आज ऑफिस नहीं जाएँगे?"

वे बोले, "आज तबियत कुछ खराब है।"

उसने सहज ही पूछा, "क्या हो रहा है आपको?"

वे बोले, "पश्चात्ताप और क्या?"

उन शब्दों को सुनकर मीरा एकदम हड़बड़ा गई। उन्होंने उसका हाथ पकड़कर कहा, "चलो, तुमसे कुछ बातें करनी हैं।"

उनके कमरे की ओर जाते वक्त मीरा का गला सूख गया। छाती धड़धड़ाने लगी। वह समझ न पा रही थी कि आखिर बात क्या है। कहीं वह बात उन्हें पता तो नहीं पड़ गई।

उसकी पीठ पर हाथ फेरते हुए बाबा साहब बोले, "मीरा, क्या हम लोग तुम्हें इतने बुरे लगे हैं?"

उनके शब्द सुनते ही मीरा रोने लगी।

बाबा साहब बोले, "तुम्हें यदि शादी ही करनी थी तो हमने अच्छा-सा पति खोज दिया होता! माधव तुम्हें इतना पसन्द क्योंकर है? न तो वह अमीर ही है और न ही सुन्दर? आखिर तुमने उसमें कौन-सी बात देख ली?"

इस प्रश्न को सुनकर मीरा के मन में एक दूसरी ही प्रतिक्रिया हुई। उसे माधव का प्रेम चाहिए था—पर उसके लिए घर छोड़ना पड़ेगा, इस बात का उसे

दुःख था। कारण, उसे माँ-बाप की ममता चाहिए थी। इसी कारण "हम तुम्हें क्या बुरे लगने लगे हैं?" पिताजी का प्रश्न सुनकर उसके सिसकी आ गई, पर उसकी निष्ठा और प्रीति जाग्रत् हो चुकी थी। उसकी आँखों में आँसू न आए, उलटी उसकी नज़र कठोर बन गई, वह एकदम बोल पड़ी। "माधव के गुण आपको कैसे दिखाई देंगे। आप तो उसके विरुद्ध हैं। आपको तो वह बुरा ही लगता होगा, पर मेरा उस पर प्रेम है।"

बाबा साहब बोले, "पर हमसे यह बात छुपाकर क्यों रखी थी?"

आवेश में वह बोली, "बिलकुल नहीं।"

"फिर तुमने सीधे तरीके से मुझे या माँ को क्यों नहीं कहा?"

इस प्रश्न का उत्तर मीरा को सूझ न रहा था, पर वह बोली, "अगर कहा होता, तो आप तैयार हो जाते?" अब बाबा साहब गड़बड़ा गए। ऊँची आवाज में बोल पड़े, "घर से भाग जाने में तुम्हें शर्म भी नहीं लगती?"

उनकी इस बात से ममतापूर्ण संभाषण खत्म हो गए और झगड़ा शुरू हो गया। उसने भी ऊँची आवाज में कहा, "शर्म की क्या बात है? कौन-सा अपराध कर डाला मैंने? माधव को मैं प्रेम करती हूँ, इसमें शर्म की कौन-सी बात है। मुझे तो इसमें शर्म की ज़रा भी बात नहीं लगती।"

बाबा साहब एकदम झल्ला पड़े, "कैसे लगेगी, गधी जो ठहरी।"

बाबा साहब गुस्से में काफी बड़बड़ाते रहे। मीरा भी मर्यादा छोड़कर बोलती रही। तभी मीरा की माँ कमरे में आई। उसने मीरा को करीब ले लिया। पर मीरा ने माधव के साथ भाग जाने की बात तय कर ली है। इस बात पर वह कुछ न बोली। विरोध कायम ही रहा। मीरा ने पिताजी से कह दिया, "आप चाहे जो कहते रहें, मैं अपना निश्चय न बदलूँगी। मैं माधव से ही शादी करूँगी।"

बाबा साहब बोले, "देखता हूँ, कैसे करती है। आज तक तुम्हारा कौतुक देखता रहा, उसी का बदला चुका रही हो। पर तुम इस तरह नाचने लगोगी, यह मैं न जानता था। अच्छा हुआ जो समय पर आँखें खुल गईं। कल से तुम्हारा घर से निकलना बन्द। नृत्य बन्द। बहुत तो गई कला की उपासना!"

उनके शब्द सुनकर मीरा पल-भर हड़बड़ा गई। पर भय न लगा। उसके मन में ख्याल आया—लड़की पर क्रोध करने वाला हर बाप इसी तरह बोलता रहता है, पर वह इस तरह थोड़े ही करता है? पिताजी के कमरे से निकलकर वह अपने कमरे में आ गई और बिस्तर पर लेट गई। माधव की याद से रोना आ गया, पर वह निराश न हुई। आज भाग जाने की बात भले ही टल गई हो,

पर कभी तो मौका आएगा ही। एक ओर सिसकियाँ आ रही थीं, दूसरी तरफ माधव से मिलने का विचार भी आ रहा था। मन-मुताबिक कर सकेगी, इस बात की आशा न थी।

बाद के दिनों में उसकी वह आशा तेज़ी से नष्ट होने लगी। बाबा साहब ने महीने-भर की छुट्टी ले ली और वे मीरा पर कड़ी निगाह रखने लगे। उसका घर से निकलना बन्द कर दिया। माधव के पूना छोड़कर बम्बई चले जाने की खबर उसे मिल गई। उसकी नृत्य की प्रेक्टिस खत्म कर दी गई। पेटी, तबला, मास्टर साहब को दे दिया गया। उसके घुँघरू फेंक दिए गए। उसके नृत्य की प्रेक्टिस खत्म कर दी गई। उसके नृत्य के सम्बन्ध वाली हर चीज़ एक के बाद एक घर से गायब होने लगी।

करीब एक साल बाद बाबा साहब ने मीरा के लिए एक घर तलाश कर लिया। मीरा ने मना किया। शादी की बात से ही उसे डर-सा लगता था। सुख-दुःख से वह शादी की ओर देखती ही न थी। उसकी मनोवृत्ति अजीब-सी हो गई थी। उसके पति इंजीनियर थे, अमीर थे। संगीत में उसकी लेशमात्र भी रुचि न थी। शादी के बाद उसने एक अच्छा-खासा बंगला बनाया। उस बंगले में मीरा रहने लगी।

पति जब काम पर चले जाते और मीरा घर में अकेली रहती, तब से पहले वाली यादें उभरने लगतीं। उसके नृत्य के प्रोग्राम उसे याद आते। लोग इसकी तारीफ करते थे, वह बात भी उसे याद आई। माधव की याद आ जाती। नृत्य के समय ऊँचे कपड़े वह पहना करती थी, उन्हें वह साथ ले आई थी। उन्हें अलमारी से निकालती और उन्हें देखा करती थी। फोटो हाथ में लेती और उसकी ओर देखा करती थी। उसके मन में आता—अब यदि लोगों को मैं बताऊँ कि एक समय था जब लोग मेरी तारीफों के पुल बाँधा करते थे, तो कौन विश्वास करेगा? मुझे स्वयं की बातों का एतबार नहीं हो पाता? मानो मीरा का वह व्यक्तित्व खत्म हो गया। उसका नृत्य चला गया। नृत्य के अवशेष चले गए? इंसान की जिन्दगी क्या इसी तरह क्षणभंगुर रहती है? उसका क्या अन्त हो जाता है? और इसी तरह आदमी एक दिन दुनिया छोड़ जाता है?....

नृत्य के समय जो साड़ियाँ वह पहना करती थी, उसे लगता है, उनमें से एक पहन ले। काँच के सामने खड़ी रहे और उस समय वह रूप खुद ही देखती रहे। वह दुनिया को भूलने वाली न थी, पर घर पर इस तरह साड़ी पहनकर देखने में क्या हर्ज है। पर एकदम उसके मन में आता—क्या करना है, उस तरह की

मीरा को देखकर? चोरी-छिपे देखने से क्या लाभ...वह साड़ियाँ फिर रख देती—बाहर निकले हुए फोटो फिर रख देती और अलमारी एकदम बन्द कर देती थी।

एक दिन उसंके मन में एक बात आई। और उस तरह की बात उसने कर भी डाली।

कमरों के दरवाजों और खिड़कियों को परदे लगाने की जरूरत थी। उसने अपने नृत्य के समय की साड़ियों को फाड़कर दस-बारह परदे बना डाले और लगा दिए। हवा चलने के साथ परदे सरसराने लगे और फूलकर आगे-पीछे सरकने लगे। उनकी ओर देखकर उसके मन को तसल्ली-सी हुई। नृत्य के समय वह हिल-डुलकर जब सम पर खड़ी रहती थी, तब उसके शरीर की साड़ी इसी तरह फूल जाया करती थी—उसे लगता कि ये परदे नृत्य ही कर रहे हैं।

उसके पति शाम को घर आए तब कमरे में खड़े रहकर वे बोले, "आज तो कुछ अलग ही बात लग रही है!"

वह हँस दी और उनके कन्धों पर हाथ रखकर बोली, "कौन-सी अलग बात लग रही है, बताओ भला?"

वे एकदम हँस दिए और बोले, "अच्छा, अब समझा—नए परदे लगाए हैं।"

"आपको पसन्द आए?"

"कपड़ा कब लाई?"

"नया नहीं लाई हूँ।"

"फिर?"

मेरी नृत्य के समय की साड़ियाँ थीं। उन्हें फाड़कर परदे बना डाले।

उनके भाल पर रेखाएँ उभर आईं।

शादी के पहले मीरा नृत्य करती थी। बड़ा नाम कमाया था, ये सारी बातें उन्हें मालूम थीं। इतना ही नहीं, मीरा और माधव को प्रेम था, यह भी वे जानते थे। उसके पहले वाली ये सारी बातें उन्हें कतई पसन्द न थीं। उसकी उस ज़िन्दगी की कोई चीज़ उन्हें न चाहिए थी। अगर बोलते-बोलते कहीं बात निकल भी आती, तो वे उस बात को वहीं के वहीं खटाक से बन्द कर दिया करते थे।

वह बोले, "ये परदे बिल्कुल अच्छे नहीं लग रहे। निकाल डालो, इन्हें।"

दूसरे दिन वे खुद ही बाजार से कपड़ा खरीद लाए। दर्ज़ी को बुलाया और परदे सिला लिए। मीरा की साड़ियों के परदे निकाल डाले। परदों का गट्ठर कुछ घर पर पड़ा रहा। आखिर उसने उसे देखकर बर्तन खरीद लिए, काँच की बरनियाँ खरीद लीं। अलमारी में रखे नृत्य के फोटो भी उसने एक दिन बाहर निकाल

लिए। उसके एकदम टुकड़े कर डाले और खिड़की से बाहर फेंक दिए और हवा के साथ उड़ाने वाले टुकड़ों की ओर वह देखती रही। सारे टुकड़े हवा में गोते खाते हुए अदृश्य हो गए। सिर्फ एक बड़ा-सा टुकड़ा नाली की दरार में अटका रहा।

फिर काफी दिनों तक दोपहर के वक्त मीरा जब खिड़की के पास खड़ी रहती, तो उसे नाली में अटका हुआ वह फोटो का टुकड़ा दिखाई देता था। वह उसकी ओर देखती रहती। उसकी नृत्य-कला का माधव पर किए प्रेम का वह अवशेष उसे कुछ तसल्ली-सी दिया करता था। उसे लगता, भागकर नीचे जाए और नाली में अटका वह फोटो का टुकड़ा निकाल ले। पर उसे फिर लगता, क्या करना है उसे टुकड़े को उठाकर, उसे सम्भालकर? वह सिर्फ हवा में फड़फड़ाता टुकड़ा देखा करती।

मीरा के फोटो का वह टुकड़ा मिट्टी में उसी तरह अटका हुआ था। धूप में तप रहा था। पत्तियों में ढक जाता था। हवा चलते ही फड़फड़ाता था। पर उस दरार से मुक्त न हो पाता था।

पर आज पूर्वी बरसात की बौछार आई। पल-भर तक जोरों की बरसात हुई। नाली से पानी तेजी से बहने लगा। फोटो का वह टुकड़ा दरार से मुक्त हो गया—आड़ा-तिरछा घूमता हुआ निकल पड़ा और अदृश्य हो गया। मीरा की नृत्य-कला का प्रमाण और उसके और माधव के प्रेम का सबूत अदृश्य हो गया।...इन्सान की जिन्दगी इसी तरह खत्म हो जाती है। इन्सान इसी तरह खत्म होता रहता है। इसी मौत को तो कहते हैं—जिन्दगी।

❑

आँसू

वि. स. खांडेकर

मेरी जल्दबाजी देखकर पत्नी ने पूछा, ''आज किधर की तैयारी हो रही है—कहीं गाँव-वाँव जाने का प्रोग्राम है क्या?''

डाक्टर की पत्नी को, मतलब ऐसे डाक्टर की पत्नी को जिसकी प्रैक्टिस धड़ाके से चल रही हो, पति के बाहर जाने की इतनी परवाह नहीं रहती। वैसे मैंने गर्दन हिलाकर ना कह दिया होता, पर मेरा मन खुशी से नाच उठा था, खुशी भी छिपी न रह सकती थी। मैंने कहा, ''बाहर जाना ही होता, तो तुम्हें कम से कम घण्टे-भर पहले तो नोटिस देता।''

''कैसे?''

''कम से कम एक घण्टे पहले सूचना मिले बगैर औरतें बाहर निकल ही नहीं सकतीं।''

उसने गर्दन को नचाया। पर गर्दन का नचाना साधारण-मात्र न था। हाथ और आँख से होने वाले मूक संभाषण से भी कहीं असरदार संभाषण गर्दन नचाने से हो जाते हैं। जैसे गायक एक सुर में गीत का भाव व्यक्त कर देता है, उसी अन्दाज़ में वह गर्दन मटकाकर बोली, ''अच्छा, अच्छा, रहने दीजिए, हमेशा तो जैसे साथ ले जाते हैं?''

मूक संभाषण की चतुराइ पुरुष में कम ही होती है। काँच के सामने टाई बाँधते हुए मैंने कहा, ''अरे भई, सफर में किसी का साथ तो होना चाहिए?''

''पत्नी का साथ?'' हँसते हुए उसने पूछा। यदि कोई इस समय स्त्रियों की ओर से बोलने वाला होता, तो निश्चय ही उसने लेक्चर झाड़ दिया होता। मेरा भाग्य बलवान था। कोई रोगी दरवाजे में आ खड़ा हो, उसके पहले ही मुझे घर से बाहर चल देना था और उसी खुशी से मैं फूला न समा रहा था।

शायद आपको हँसी आएगी। एक टेनिस मैच की वजह से डाक्टर नाचने क्यों लगा। पर मैं कहता हूँ, वह क्यों न नाचे? पुराने खिलाड़ी की यही तो स्थिति

होती है और मेरी भी यही स्थिति हो गई थी। कॉलेज के फर्स्ट ईयर में जब मैं था तब मैंने टेनिस चैम्पियन प्रोफेसर मराठे को हरा दिया था। प्रोफेसर को टेनिस खेलने का बेहद शौक था। खुद का अकेला लड़का गुजर गया था, फिर भी प्रोफेसर चौथे दिन कोर्ट पर हाज़िर हो गए थे। मैंने अपनी आँखों से उन्हें देखा था। पर डाक्टर बनने के बाद टेनिस खेलना असम्भव हो गया। मेरे पिताजी ने मुझे आगाह कर दिया था—"उस खेल के चक्कर में न पड़ना—अगर कहीं उसी में उलझे रहे तो धन्धा चौपट कर बैठोगे।"

सौभाग्य से मेरा धन्धा ठीक चलने लगा और टेनिस कोर्ट की ओर जाने की मुझे फुर्सत ही न मिल पाती। पर पेपर पढ़ते वक्त पहले मैं टेनिस के विषय में पढ़ता हूँ। और तो और कभी-कभी सपने में भी प्रोफेसर मराठे को मैं हराता रहता था।

ऐसी ही स्थिति में हमारे शहर में दो प्रसिद्ध खिलाड़ियों का मैच देखने के निमित्त आज मैंने अस्पताल को छुट्टी दे रखी थी, इसे क्या आप मेरा अपराध कहेंगे? स्कूल में लड़के ऐसा ही करते हैं। बड़े आदमी भी तो आखिर संसार-स्कूल के छात्र ही तो हैं।

जिमखाने पर मैं बिलकुल टाइम पर पहुँच गया। जल्दी में कुर्सी पर बैठकर मैं रूमाल से पसीना पोंछने लगा और सहज ही इधर-उधर निगाह डाली। मेरी दाईं ओर प्रोफेसर मराठे ही बैठे हुए थे। आज पचास से ऊपर होने पर भी प्रोफेसर अपना काम छोड़कर मैच देखने के लिए आए थे। पल-भर मुझे यही महसूस हुआ। बाद में मेरे ख्याल में आया कि प्रोफेसर मराठे तो पाँच साल से बम्बई में ही रहते हैं।

इंसान का मन बड़ा अजीब होता है। नदी से भी लहरदान, समन्दर से भी विचित्र। अस्पताल में आने वाले कई लोगों की गालियाँ सहन कर मैं मैच देखने आ बैठा था। मैच शुरू होने पर मेरा मन अजीब बातों में गोते खाने लगा। प्रोफेसर मराठे के चेहरे की ओर देखकर मुझे लगा, बुड्ढा अभी भी काफी हट्टा-कट्टा है। और फिर हो भी क्यों न? अकेले लड़के की मौत के बाद भी जिसकी आँखों में आँसू न आए, उस पर काल और समय का क्या असर होने वाला है।

और वह विचित्र प्रसंग मेरी आँखों के सामने बरसों के पर्दे के पीछे स्पष्ट दिखाई देने लगा। मेरा क्लासफेलो माधव मराठे, बाप जैसा वह भी टेनिस शानदार खेलता था, टाइफाइड से एक दिन सुबह ही गुजर गया। पर बारह बजे प्रोफेसर मराठे कॉलेज में हाजिर थे। छात्रों को लगा, आखिर यह आदमी है या हैवान।

मराठे जी काव्य खूब पढ़ाते थे। इस कारण लोगों को इनकी इस बात पर बड़ा आश्चर्य हुआ। अपने लेक्चर के शब्दों-शब्दों में जो रस उत्पन्न कर देते थे, वे आज बिना आँसू टपकाए ही आ गए। लड़के की मौत के बाद भी। उधर राख भी ठण्डी न हो पाई होगी और इधर उसके बाप कालेज में क्लास लेने आ टपके। गहरी खुदाई करने पर पत्थर से भी पानी निकल आता है पर इन्सान के...

और प्रोफेसरों के कहने पर मराठेजी ने क्लास न लिए, पर उनकी यह हालत असह्य कर देती थी। चार बजे तक वे कालेज में ही किताबें पढ़ते रहे। रोजाना की तरह दो कप चाय भी पी गए। और सबसे अजीब बात तो यह थी कि वे स्टाफ रूम में बैठे-बैठे आदतन मजाक भी करते रहे। उधर माधव की माँ रो रही होगी और इधर से महाशय गप्पें हाँक रहे हैं।

इंसान का अन्तःकरण इतना कठोर होगा, इसका अनुभव मैं कभी न भूला था। मेरे धन्धे में मौत के दर्शन कई बार होते हैं। दुनिया में पत्थर दिल वाले बहुत हैं, पर मौत के ठण्डे हाथ के स्पर्श से भी जिसका हृदय दहलता नहीं, ऐसा इंसान मैंने नहीं देखा था। मृदु चेहरे वाले, दुष्ट वृद्ध आदमी मैंने देखे थे, पर प्रोफेसर मराठे विचित्र ही थे। लगता था, ये महाशय काव्य के प्रोफेसर, जन्म में कभी रोए भी होंगे या नहीं?

दौड़ते मोटरों के बीच जैसे कोई रास्ता पार करता है, उसी तरह सामने चल रहे खेल का मज़ा मैं कभी देखता था और मन में चल रहे विचारों को छोड़कर खेल भी देखता रहता था। अगर ऐसी बात न होती, तो मेरा वहाँ बैठना नामुमकिन था।

एक पारी खत्म होते ही मराठेजी ने मेरी ओर हंसकर देखा।

"पहचाना मुझे?" मैंने पूछा।

"क्यों न पहचानूँगा।"

उन्होंने मेरा नाम, डिग्री अस्पताल का पता, सब कुछ सही-सही बता दिया। पता नहीं, हृदय न होने पर स्मरण-शक्ति बढ़ जाती है, शायद। और फिर मुझे विश्वास दिलाने के लिए ही बोल पड़े, "माधव के साथ ही पढ़ते थे आप।" जिस बात को मैं मन से निकाल देना चाहता था। उसे उन्होंने ही कुरेद दिया। आवाज में कंपकंपी न थी, आँखों में आर्द्रता न थी। मानो माधव की मृत्यु की बात नहीं कहीं उन्होंने इतिहास में पढ़ी हो।

उनकी इस राक्षसी वृत्ति का तिरस्कार शायद मेरे चेहरे पर उभर आया था। पर वे आगे मुझसे बोले ही नहीं। मेरे मन में अजीब उथल-पुथल होने लगी और

अनेक विचार आने-जाने लगे। माधव की मृत्यु के बाद प्रोफेसर मराठेजी ने कई किताबें लिखकर नाम कमाया था। ऐसे होशियार आदमी का दिल पत्थर जैसा क्योंकर है? दीपस्तम्भ चट्टान पर ही तो बनाया जाता है, वैसी ही तो बुद्धि की बात नहीं है? सामने ग्राउण्ड पर हल्के हाथ से खेलने वाला खिलाड़ी, शायद घर पर पत्नी को मार भी लगाता होगा। कौन कह सकता है? दूसरी ओर बैठी युवती, किसी फूल की सुगन्ध चारों ओर फैल जाए, वैसे अपने सौन्दर्य से सारे जगत को खुशनुमा बना रही है, पर उसने युवकों को अजीब हालत में डाल दिया होगा, कौन जान सकता है?

टेनिस कोर्ट से अस्पताल में और अस्पताल से घर पर आ गया, फिर भी मेरे मन में अजीब हलचल कायम ही थी। कभी-कभी आसमान घूँघट डाले बैठा ही तो रहता है? न सूरज दिखाई देता है और न पानी पड़ता है। मेरा मन भी वैसा ही अजीब हो गया था।

पर कपड़े निकालने के पहले ही एक आदमी एक चिट्ठी और मोटर लेकर आया। चिट्ठी प्रोफेसर मराठेजी की थी–"कृपया जल्द आइए.....दवाई भी साथ लाएँ।" कौन बीमार है, उसे क्या हो रहा है यह लिखा ही न था। पत्नी "खाना खाकर जाइए" मुझे उपदेश किए जा रही थी। पर उसकी ओर ध्यान न देकर मैं वैसे ही चल दिया।

दरवाजे में ही प्रोफेसर मराठे खड़े थे। तीन घण्टे में कितने वृद्ध हो गए थे। जलते जहाज पर एक रात में केप्टीन के बाद सफेद होने की कहानी मैंने पढ़ी थी। पर मराठेजी के चेहरे पर जो तबदीली आ गई थी वह उस कहानी से भी अजीब लग रही थी। मानो सुबह उन्होंने प्रौढ़ता का रूप बना लिया था और घर आकर रंग धो डाला था। भाल पर झुर्रियाँ और अजीब धँसी-धँसी-सी आँखें। चुपचाप मैं उनके पीछे-पीछे अन्दर गया। ड्राइंग रूम के पास ही एक कमरा था। मेरे अन्दर जाते ही रोगी के इर्द-गिर्द बैठे लोग अलग हट गए। करीब-करीब पचास साल की औरत, बिस्तर पर निढाल पढ़ी हुई थी। मैंने नाड़ी देखी। मेरे मन में हड़बड़ाहट-हुई। पर उसे बताना ठीक न था। मराठेजी ने अपनी दृष्टि मेरी ओर लगा रखी थी। इसे मैं जान रहा था। जैसे छोटा-सा बच्चा अपनी माँ की ओर देखता है वैसे ही वे आरैत की ओर देख रहे थे।

"ठीक हो जाएगी न?"

"झूठ बोलना डाक्टर का जन्मसिद्ध अधिकार है?" मैंने एकदम जवाब दिया, "कोई खास बात नहीं। एक इंजेक्शन देते ही...."

इंजेक्शन देकर बाहर आने तक मेरी ओर आँखें लगी हुई थीं। बाहर आते ही वे अपने कमरे में मुझे ले गए। "बैठिए डाक्टर साहब!" एक आरामकुर्सी की ओर इशारा कर वे बोले।

"बैठो, कहिए न—मैं तो आपका विद्यार्थी ही था।"

"अच्छा भाई, बैठो!"

बैठते-बैठते टेबल पर पड़े लम्बे-लम्बे कागज मैंने देखे। प्रोफेसर की नई किताब के प्रूफ्स थे। इधर-उधर चक्कर लगाते-लगाते एकदम ठहरकर वे बोले—

"हवा-पानी की तबदीली के लिए उसे यहाँ लाया हूँ। पर..."

"इस बीमारी को कितने दिन हो गए?"

"वैसे दो-तीन साल हो गए। पहले उसने खबर ही न लगने दी। यह हार्ट ट्रबल भी विचित्र..."

उनका वाक्य पूरा करना मेरे लिए कठिन ही था। दोनों हाथ पीछे रखकर उन्होंने तीन-चार चक्कर लगाए। बीच में ही एकदम खड़े रहकर मुझसे पूछा, "तुम्हारी शादी हो गई है न?"

वाक्य निकलते ही मेरी जबान अटक-सी गई। आज यदि माधव होता, तो इनका भी घर नाती-पोतों से भर जाता—शायद ऐसा ही विचार उनके मन में भी आया हुआ दिखाई दिया। और उनकी पत्नी तो मौत के करीब खड़ी हुई है। मैंने उनकी ओर देखा। वे किसी दूसरे ही विचार में मग्न थे। फिर दो-चार चक्कर लगाने के बाद ठहर गए और मेरे करीब आकर मेरे कन्धे पर हाथ रख दिया। उस स्पर्श में अपनत्व था। दोस्ताना न था। जैसे लाचार आदमी कुछ माँग रहा हो, ऐसा स्पर्श था। मैं उठने लगा तभी वे बोले, "बैठो, बैठो—यह कोई कालेज थोड़े ही है।"

इस वाक्य से हँसी आ सकती थी। पर पास की एक कुर्सी को करीब खींचकर वे मेरे सामने बैठ गए। तब उनकी आँखें मुझे साफ-साफ दिखाई दीं। वह शून्य-सी दृष्टि देखकर मैं हड़बड़ा गया।

मेरा हाथ उन्होंने अपने हाथ में ले लिया। उनके हाथ गीले-से थे और काँप भी रहे थे। वे एकदम बोले, "डाक्टर..."

अभी वे बोले ही न पा रहे थे। मैंने उनका हाथ मजबूती से दबाकर कहा, "धीरज ना छोड़िए। आप भी छोटे बच्चों की तरह..."

"मैं छोटा बच्चा ही हूँ, डाक्टर।"

सुन्दर और तरुण पत्नी की बीमारी में उसकी मौत से डरने वाले पति मैंने

देखे थे। पत्नी के बाद बाल-बच्चों का क्या होगा—इस चिन्ता से डगमगाने वाले पति मैंने देखे थे, पर अकेले एक लड़के की मृत्यु पर स्थिर रहने वाला आदमी, पचास साल की बीवी की मृत्यु से डर जाने वाला आदमी। बात पहले मेरी समझ में न आ पा रही थी।

"सच, छोटा बच्चा ही हूँ मैं, डाक्टर! मेरी माँ—अजीब बात लगेगी आपको—पचपन साल के बच्चे की माँ उसकी पत्नी ही रहती है।"

मैं टकटकी लगाए देखता रहा।

"डाक्टर, जिन्दगी में ढलती आयु का सफर कठिन रहता है। कई लोग मिलते हैं—पर पत्नी के बगैर इस सफर में और कोई नहीं रहता। माँ-बाप का स्नेह बच्चे की शादी होने के बाद कुछ कम हो जाता है। बच्चे भी क्या? पंख फूटते ही नया घर बसाने चल देते हैं।"

उन्हें कैसे धीरज दूँ, मैं समझ ही न पा रहा था।

"डाक्टर, माधव गया, उस दिन मैं कालेज में आया था। इस पर दुनिया हँसी उड़ा रही थी। पर सच बताऊँ? उस समय मेरे सामने काम के पहाड़ थे—वे पहाड़ चढ़ते-चढ़ते—कदम-कदम पर धूप में रहकर मुझे छाया करने वाली जन्म-भर की साथिन भी मेरे साथ थी। इसी से उस धक्के के कारण मेरे कदम न डगमगाए। घर में आई मौत मैं सहन कर गया। पर माधव के समय पर छिपाए हुए आँसू..."

उनकी आँखें गीली हो गईं। पल-भर ऊपर देखकर वे बोले, "डाक्टर पच्चीस साल तक पत्नी के शरीर पर प्रेम रहता है। चालीस साल की उम्र में बच्चे की माँ होने के कारण प्रेम स्थिर हो जाता है। पर वृद्धावस्था में—दोस्ताना तरीके का प्रेम बढ़ने लगता है। शायद आप हँसेंगे। पर माधव जाने के बाद पन्द्रह साल में जिस तरह का प्रेम मैंने किया—जवानी का प्रेम तो शराब की तरह रहता है। पर शरीर की गुलामी के बाद स्वतन्त्र होने पर मन की एकता आ जाती है—वह शुद्ध अमृत होता है। इस शुद्ध अमृत का बर्तन मेरे हाथ से छिनाने मौत आ गई है—यह कल्पना ही..."

खुशी की तरह ही दुःख में भी आदमी अधिक बोलने लगता है। प्राफेसर की यही हालत हो गई। वे एकदम खड़े रहकर जोर से बोलने लगे, "डाक्टर, मैंने इतनी किताबें पढ़ी हैं—पर उसका सारा श्रेय मेरी पत्नी को ही है—वह यदि प्रेरणा न देती, तो मैं आदमी बन ही न पाता। माधव की मृत्यु पर मैंने एक आँसू भी न डाला, पर अब...."

अन्दर से बुलावा आया, इसलिए हम दोनों ही अन्दर चले गए। इंजेक्शन

के असर से पत्नी ने आँखे खोल दी थीं। प्रोफेसर पत्नी के पास पहुँचे। पत्नी के रुग्ण चेहरे पर हल्की हँसी उभरी हुई देखकर मुझे भी खुशी हुई।

पत्नी के सफेद बालों को संवारते हुए मराठेजी ने पूछा, "अब ठीक लग रहा है न?"

"हाँ, पर यह क्या कर रहे हैं आप?"

बाल संवारते-संवारते उनकी आँखों से आँसू ढलने लगे। उन आँसुओं को पोंछने के लिए पत्नी ने अपना दाहिना हाथ ऊपर किया और बोली, "हटो, डाक्टर क्या कहेंगे।"

"सैकड़ों प्रेम-कथाओं में 'हटो' शब्द मैंने पढ़ा था। पर उसका सही अर्थ मैंने आज ही जाना था।

❑

तालाब में छ्लकती चाँदनी

गंगाधर गाडगिल

सामने लगे सेंहजन की डाली-डाली फूल चुकी है। एकदम सफेद भी हो गई है, कोमल-कोमल फूलों से लद गई है। केले का पेड़ कुछ झुक-सा गया है। चढ़ते दिन की धूप सीढ़ियाँ चढ़कर ऊपर आ रही है। मानो कोई माँ बनने वाली स्त्री धीरे-धीरे सम्भल कर पाँव रखकर चल रही हो। चारों ओर अजीब-सी खामोशी है।

तुमने अपने हाथों, जाते वक्त सेंहजन की जिस डाली को दूर कर दिया था वह डाली अभी भी हिल रही है। डाली के सिरे पर लगा फूल तक हिल-डुल रहा है। उस डाली की ओर देखते हुए मैं लेटा हुआ हूँ, पाँवों पर हाथ फिराते हुए, कोच के हत्ते पर रखे पंजों की ओर देखते हुए। और तुम्हारी स्मृति उस सेंहजन की डालीनुमा मेरे मन में हिल-डुल रही है।

हमेशा ही तरह ही, बाहर जाते समय तुम्हारी हलचल हुई। गेहूँ बीनना, शाम के खाने की तैयारी में जुटना, गृहिणी का न खत्म होने वाला काम करते समय, घड़ी का काँटा कितना तेज आगे बढ़ता है! उसके बाद साज-शृंगार। जल्दी होने पर मुए बाल ठीक तरह जमते ही नहीं। आँचल कन्धे पर से जितना नीचे आना चाहिए उतना आता ही नहीं। उसी कारण देर हुई जा रही थी। इतने में ही, हमेशा देरी से घर लौटने वाला मैं, जल्दी घर आ गया। तुमने मेरी ओर अपनी आँखें बड़ी कर मेरा स्वागत किया और एकदम बाहर चल दीं। बाहर निकलते समय तुमने मुड़कर पीछे की ओर देखा, तब तुम्हारे चेहरे पर नापसन्दगी का भाव था, पर आँखों में अभिप्राय यही था—'मैं कसी लगती हूँ?''

अभी-अभी तुम गई हो। तुम्हारे स्पर्श से हिलती सेंहजन की डाली अभी भी हिल रही है और मेरा मन अनेक मधुर स्मृतियों और भावों से उस सेंहजन की फूली डालीनुमा भर गया है। आखिर ऐसा क्यों हुआ? कहते नहीं बनता, पर यही बात सच है कि कभी कोई घटना, कोई क्षण इंसान का दिल दहला जाता है—आर्त कर देता है।

मुझे अब तुमसे खूब बातें करने की इच्छा होती है जो बातें मैं सोचता था कि तुमसे न कहूँ, वे बातें अब चुप रहने के लिए तैयार नहीं हैं। जिन बातों को मैं शब्दों के माध्यम से व्यक्त करने में संकोच करता था, वे अब मुग्धता के कोश से तितलीनुमा निकल रही हैं। मैं जानता हूँ कि यह मनःस्थिति ज्यादा देर टिकने वाली नहीं है। इसलिए जो कुछ याद आता है, कहा जा सकता है, वह सब तुमसे एकदम कह देना चाहिए। भावना की इस वर्षा से तुम्हें पूरी तरह भिगो देना चाहिए। इसीलिए तुम्हें यहाँ होना चाहिए था। पर नहीं। तुम होती तो हमारा एकान्त भंग हो जाता। शब्दों की तितली के पंख तुम्हारी उपस्थिति के स्पर्श से टूटकर बिखर गए होते। जो कुछ कहना था, शायद कहते न बनता। इसीलिए तुम यहाँ न होने पर ही मैं सब कुछ तुम्हें बताए देता हूँ। कहते हैं, इस दुनिया में नश्वर कुछ भी नहीं है। अगर यही बात सच हो, तो मेरा कहना भी बचा रहेगा। कभी किसी समय तुम्हारे कानों पड़ेगा और शायद उसे तुम पहले जानती भी होगी।

सच, लगता था कि सब कुछ कह पाऊँगा, पर जब शुरू करने की सोचता हूँ, तो गड़बड़ा जाता हूँ। तितली के पंख अभी से टूट-टूटकर बिखरने लगे, आर्तता की पुकार अभी से धीमी पड़ने लगी। कितनी अजीब-सी बात है! मूर्त्त से अमूर्त्त हमेशा ही सुन्दर होता है, फिर भी अमूर्त्त मूर्त्त होने के लिए हमेशा ही कितना आतुर रहता है—उत्सुक रहता है!

मुझे यही कहना है कि तुम मुझे खूब-खूब पसन्द हो—अच्छी लगती हो। बिल्कुल पहली बार, दो चोटियों में अपने केश-भार को सम्भालते हुए—यौवन-भार के कारण टेढ़े-मेढ़े चलते हुए मैंने कालेज के कॉरीडोर में तुम्हें देखा, तब तुम मुझे अच्छी लगीं। तुम्हारे केश-कलाप पर नीली-नीली-सी मादकता थी। तुम्हारे नीले सिर पर आजादी की मस्ती थी। तुम्हारे सुडौल शरीर से मादकता टपकी-सी पड़ती थी और तुम्हारे चलने में एक अजीब स्वछन्दता की लचक थी।

जब तुम पहली बार दिखाई दी थीं, तब मैं मन्त्रमुग्ध हो गया था। दूसरों में दोष देखने की मेरी प्रवृत्ति पता नहीं एकदम कहाँ गायब हो गई! तुम्हारे एक हाथ में, कुहनी तक पड़ी चूड़ियाँ खन्न-से बज उठीं। और मेरा मन विचलित हो गया—बेचैन हो गया। नखों की नोंक से तुमने अपने गालों पर बिखरी लटें ऊपर की ओर सरका दीं, और मेरा मन एकदम सरपट दौड़ने लगा। अपनी चमकीली आँखों से तुमने मेरी ओर धीमे-से देखा और एक गरम साँस मेरे मस्तक की ओर आई। मुझे तुम्हारी आवश्यकता थी—बस इसी एक उत्कट इच्छा से मैं पगला गया था।

तुम आँखों से ओझल हुईं और मैं बेचैन हो उठा। तुम फिर से दिखाई दीं और मैं और भी बेचैन हो उठा। वही एक तीखी इच्छा मेरे मन में लगातार कसकती रही—उस कसक से मेरे मन में कितना दर्द हो उठा! और मैं कितना बेचैन हो उठा!

बीच में ही दूसरों में दोष देखने की मेरी प्रवृत्ति उभर उठी और अपने चश्मे से मैं तुम्हारी ओर देखने लगा। पर उस बुड्ढे चश्मे को भी तुममें दोष खोजने की हिम्मत नहीं हुई, और तो और उसमें भी सौन्दर्य-दृष्टि का निर्माण हुआ और मैं तुम्हारे सौन्दर्य की अनेक विशेषताएँ देखने लगा। तुम मुझे इतनी अच्छी क्योंकर लगीं, यह मैं समझने लगा—कम-से-कम मुझे वैसा महसूस होने लगा। तुम मुझे पसन्द आई, कारण तुम्हारे बालों पर नीली-नीली मादकता थी। काले-काले बालों पर नीली-नीली छाया कैसे आईं? फिर-फिर देखने पर भी जान न पाता था और इसलिए तुम्हारा आकर्षण कम न हो पाता था। तुम्हारी आँखों में अजीब-सी मस्ती थी, और मस्ती भी आजादी की मस्ती थी। कालेज की लड़कियों की आँखों में जो दुबलापन, छिछोरपन रहता है—वैसा तुम्हारी आँखों में न था। तुम्हारे व्यवहार में मृदुता थी, चाकलेटनुमा चिपचिपापन था। तुम्हारी चाल में एक प्राकृतिक स्वच्छन्दता थी। तुम्हारी इस छवि पर मुझे क्रोध भी आता, पर तुम्हारी छवि आकर्षित भी कर लेती थी। तुम कहीं भी रहतीं, तुम्हारा अस्तित्व मुझे महसूस होता था। तुम्हारा खुद का एक अलग ही व्यक्तित्व था। इसी कारण तुम मुझे भाती थीं। पर तुममें और भी कुछ था—मुझे अपनी ओर खींचने वाला, आकर्षित करने वाला, और इसी कारण मुझे तुम्हारी आवश्यकता थी। आदमी-आदमी का लगाव क्यों कर हो जाता है, यह एक सीमा तक ही बताया जा सकता है, उसके आगे तो बात समझने की ही होती है।

तुमने मुझे आकर्षित किया, अपनी ओर खींच लिया और इसीलिए तुमने मेरे अहंकार को दर्द पहुँचाया। मुझे तुम्हारी आवश्यकता है—यह स्वीकार करने के लिए मैं बिल्कुल तैयार न था। मैं तुमसे बचकर रहने लगा और उसी समय तुम मेरी ओर आकर्षित होने लगीं। क्योंकर? सच, अभी तक मैं नहीं समझ पाया और मुझे लगता है कि तुम भी ठीक तरह से नहीं जानतीं। पर कारणों की जाँच तो मुझे करनी चाहिए—तुम्हारा उसके बगैर क्या बनने-बिगड़ने वाला है! मैं तुम्हें पसन्द था, इस तथ्य को तुमने एकदम, सहज ही मेरे पास स्वीकार कर लिया।

अनजाने की मेरी-तुम्हारी मुलाकातें लायब्रेरी में होने लगीं। तुम्हारा और मेरा कालेज से निकलने का समय एक ही होने लगा। मैंने सहज ही कहा कि

मुझे अमुक रंग अच्छा लगता है और दूसरे दिन से तुम उसी रंग की साड़ी पहनकर आने लगीं। मुझे अच्छी लगने वाली किताबें तुम पढ़ने लगीं और यह भी पता लगा कि तुम मेरी ओर से दूसरों से झगड़ने भी लगीं, ये सारी बातें तुम इतनी सफाई से कर जातीं कि हमारे प्रेम की आहट मुझ तक न मिल पाती थी। तुम्हारा व्यवहार स्त्री-मनोवृत्ति के अनुकूल ही था। स्वाभाविक भी था। पर फिर तुमने सहज मुझसे पूछा, 'तुम मुझे पसन्द हो, यह तुमने कैसे जान लिया?'

इस पर मैं हंस दिया। पर सच बताऊँ? तुम्हारी इस सहजता के कारण ही तुम मुझे अच्छी लगती हो। अभी भी जब तुम मेरा मजाक उड़ाती हो, तब वह बात मेरे ध्यान में एकदम आ जाती है। तुम्हें बुरा न लगे, इसलिए मैं भी बनता रहता हूँ। और ऐसा करते समय मेरा मन भी भर आता है।

उस समय तुम मुझसे कितनी सहजता से व्यवहार करती थीं! छोटी-छोटी बातें भी मेरे मन के मुताबिक किया करती थीं। प्रेम में लीन हो जाना, प्रेम करने का मतलब कुछ देना, जितना दे सको उतना देना और उस समर्पण में जो आनन्द हो उसके आस्वाद लेना—ये सारी बातें तुम खुद ही जानती थीं—समझती थीं। तुम्हारा मन साफ था, इसीलिए तुम वैसा कर भी सकीं। तभी मैं, खुद को न जाने क्या समझने वाला, तुम्हारे प्रिय के साये में अपने अहंकार को पाल-पोस रहा था। तुम पर मिले अधिकार का दुरुपयोग किए जा रहा था। तुम्हें झुकाने में, दुःख देने में ही आनन्द समझ बैठा था। घण्टों तुमसे इन्तज़ार करवाए जाता था। तुम्हारे विषय में मैं सशंकित भी था।

सच, इस तरह मैं क्योंकर करता था? इसलिए नहीं कि मेरा तुम पर प्रेम न था। सच कहता हूँ, तब मुझे तुम्हारी बहुत-बहुत आवश्यकता थी। प्रेम के लिए तब मैं आकुल था। परिस्थिति के कारण और स्वतः निर्मित दुःख की कटुवृत्ति वाले मुझ जैसे व्यक्ति को तब विश्वास ही नहीं होता था कि तुम सचमुच मुझसे प्रेम करती हो। मेरी सारी जिन्दगी को बेचैन कर देने वाला वह अनुभव था और जब तक दिल में पैठी सारी कटुता, सारा राग-द्वेष बाहर न उगल दूँ, तब तक प्रेम व्यक्त न हो सकता था। प्रेम के लिए तुम्हें सब कुछ सहना पड़ा। मेरे प्रेम की अजीब-सी स्थिति देखकर, तुम व्याकुल हो उठीं, हड़बड़ा गईं और नाराज़ भी हुईं। पर मुझ पर तुम्हारा प्रेम अटल रहा।

याद आते हैं तुम्हें वे दिन? मेरी नज़रों में अब वे दिन साफ-साफ खड़े हैं, वैसे तुम्हें दिखाई देते हैं? तब की सारी स्थितियाँ तुममें चिपकी रहती हैं, ठहरी हुई जगह पर तुम मेरी राह देखती खड़ी रहतीं। हमेशा ही किसी न किसी वजह

से मुझे देरी हो जाती थी। कितना उदास-उदास हो जाता था तुम्हारा चेहरा और मुझे देखते ही एकदम खिल जाता था। मुझ पर एकदम गुस्सा होने की बात तुम पक्की किए रहती थीं। पर मुझे देखते ही सारी बातें भूल जाती थीं। गुस्सा न जाने कहां भग जाता था और तुम्हें हंसी आ जाती थी। अधीरता से बातें शुरू हो जाती थीं। मेरी पसन्दगी की साड़ी तुम पहने हुए हो यह बात तुम मुझे अनजाने ही बता देती थीं। दिन-भर किस तरह रहती थीं, यह भी बताती थीं। अपने सपने बताती थीं। बाहर निकलते समय होने वाली उतावली और लोगों ने किए मजाक के बारे में मुझे बताया करती थीं। तुम्हारी सारी बातें मुझे मीठी-मीठी लगती थीं। किसी न किसी विषय पर तुम बड़बड़ाती रहतीं, पर कहती कुछ अलग ही थीं। कुछ अजीब-सी बात तुम किया करती थीं और कान लगाकर मैं बड़ी बेचैनी से सुना करता था। आखिर अजीब क्या था? एक आदमी की लौ दूसरी की ओर लग जाए, इंसान की आत्मा को प्रेम का दर्शन हो जाए—दोनों एक-दूसरे के सुख-दुःख के साथी बन जायें।

उस अजीब हालत में हम लोग घूमने जा रहे थे, पर कितनी दूर जा रहे थे, इसका पता हम लोगों को न था। हम थिएटर जाते थे, पर सिनेमा न देखते थे। लोगों को हम दिखाई देते थे, पर हमें लोग नजर ही न आते थे। तब समुन्दर किनारे साथ-साथ बैठकर सूर्यास्त देखते थे, वे दिन कितने भव्य थे! तब आसमान की लाली भरे समुन्दर पर उतरती थी, जैसे वह हमारी उत्कट भावनाओं के दर्पण में भी प्रतिबिम्बित होती थी। सूरज के अस्त होते ही आसमान सूना-सूना-सा दिखाई देता था—लगता, सब कुछ खो चुका है। कोई बादल एकाकी बनकर आसमान में तैरता रहता और हम लोग भी कहीं दूर निकल जाते थे। तब मिट्टी में बने चरणचिह्न और उसका गीलापन, इन दोनों का कितना गूढ़ अर्थ हुआ करता था। तुम रेत में लकीरें खींचा करती थीं और मैं उन लकीरों में पता नहीं क्या खोजता रहता था! और तब तुम इतनी सुन्दर लगतीं कि तुम्हें स्पर्श करने में भी मुझे डर-सा लगता था।

यह सब तुम्हें याद आता है? वेदना उत्पन्न करने वाला यह सुख क्या तुम अभी भी अपने दिल में संजोए हुए हो?

और तब के झगड़े! कितना स्वार्थी बन बैठा था मैं तब! मेरी मनःस्थिति से तुम्हारी मनःस्थिति जब एकरूप न हो पाती, अपेक्षित उत्तर तुम न देतीं, मेरे सिवाय तुम्हें और कोई चीज़ ज़रा भी महत्त्वपूर्ण लगती, शंका भी आने पर मैं एकदम बिगड़ पड़ता था, एकदम निराश हो जाता था मैं! मेरे शब्दों में तब अजीब नकलीपन आ जाता था। शब्द पर शब्द ढलता, सारी बातों का एक अलग ही

अर्थ निकलता—बिल्ली के पांवोंनुमा मृदु भावनाओं से कठोरता के नाखून बाहर आ जाते थे। कितनी क्रूरता से हम एक-दूसरे से दूर-दूर चले जाते थे। तुम बोले जाती थीं और मैं एक तर्क करता हुआ तुम्हें चाही हुई दिशा की ओर मोड़ देता था। शब्दों की अजीब उलझन बन जाती और मैं ऊबकर उसे खत्म करने बैठा रहता था। अन्त में लगता, बस खत्म हो गया—प्रेम के सारे सूत्र हम लोगों ने तोड़ डाले हैं—अब तो अपने-अपने रास्ते लगना ही अच्छा है।

पर प्रेम और आकर्षण का सूत्र कायम रहता और गुस्सा कम होते-होते ही पास-पास आ जाते—कुछ हलचल, दृष्टिक्षेप—और हम लोग फिर करीब आ जाते, हाथ में हाथ आ जाता। वैसे देखा जाए तो प्रेम की यही रीति है। पर हमें अपना रास्ता खोजना ही पड़ता था। क्या हम लोगों की सारी ही बातें अजीब-सी नहीं थीं?

याद आता है तुम्हें? जुहू की रेत में, वरली के समुन्दर किनारे, हैंगिंग गार्डन के पेड़ों की छाया में हम लोगों ने जो झगड़े किए, जो बातें कीं, भावनाओं की कमान से जुड़ने वाले इन्द्रधनुष बनाए, वे सब याद आते हैं तुम्हें?

हमारे उस झगड़े से तुम्हारे नाजुक-निर्मल मन में चोट लगी थी। अभी भी आंखों से आंसू आ जाते हैं—सच मैंने तुम्हें बहुत छला? और उस चोट के लिए मैंने अपना प्रेम तुम्हें नहीं दिया क्या? ऐसा प्रश्न मेरे मन को व्याकुल कर देता है, पर उसका सही जवाब तुम्हारी ओर से कभी न मिलेगा। तुम सिर्फ हंस दोगी, मुझे थपथपाओगी—'पागल हो।'

तुम्हारे सहवास से, तुम्हारे प्रेम से, तुम्हारे झगड़े से मुझमें तब कितना आश्चर्यजनक परिवर्तन हो रहा था! मेरे मन में कटुता निकल जाती थी। मेरे मन का रूखापन दूर हो जाता था। मेरा व्यक्तित्व उभर रहा था। मैं हँसने लगा, छिछोरपन करने लगा, मेरी सारी गम्भीरता उतरने लगी। जवान होने पर भी मुझमें वह खुशी न थी, वह मुझे मिल गई—'आई वाज़ हैपी। यू मेड मी हैपी।'

और फिर हम लोगों की शादी हो गई। चार लोगों के सामने हमारे हाथ मिल गए। एक सामाजिक संकेत पूरा हो गया। दो जवान इन्सान शादी कर सामाजिक परम्परा की चौखट में बैठ गए—इसकी सब लोगों को खुशी थी और जैसे पेड़ पर फूल आ जाए, तालाब में चाँदनी छलकने लगी—बिलकुल वैसी ही तुम मेरे घर में आ गईं।

मन में इच्छा थी कि नववधू मेरे खुद के घर में ही प्रवेश करे। अभी भी यही इच्छा है। एक कुटुम्ब की कविता मैं खूब समझता हूँ—मैंने उसे अनुभव भी

किया है, पर खुद के स्वतन्त्र मकान की, जवान इन्सान की कल्पना उससे भी सुन्दर होती है। शादी एक ऐसा क्षण है, जब नया और पुराना एक-दूसरे से अलग होना ही श्रेयस्कर होता है, दोनों के ही हित में होता है। इसीलिए हम दोनों का एक अलग नया घर हो, मैंने खूब प्रयत्न किया। पर हो न सका। नववधु का जैसा स्वागत होना चाहिए वैसा मैं न कर सका, इसलिए मैं कितना विषण्ण हो गया!

पर निराशा हुई, कठिनाइयाँ होने पर भी जिन्दगी रुकी नहीं रहती। ज़िन्दगी तो उसी परिस्थितियों में गिरती-उठती आगे बढ़ती जाती है। हमारी जिन्दगी भी वैसे ही बढ़ती गई। उसी प्रतिकूल परिस्थिति में हम अपना जीवन पूरी तरह बिताते रहे—हाथ में हाथ लेकर। जुहू पर घूमना, प्यार करना अलग बात है और दो आदमी एक साथ रहें, बैठें, खाएँ—इसकी बात कुछ अलग ही होती है। पूरे चाँद की रात में एक-दूसरे से सटकर बैठना अलग बात है। और गर्मी की दोपहर में एक-दूसरे पर आने वाला गुस्सा सहन करना अलग बात है। बातें करते हुए लाड़ से प्रियतम की कमीज के बटन लगाना अलग बात है। और उसके खोए बटन ढूँढ़ना अलग बात है। अलग-अलग आदतें, अलग-अलग पसन्द—इनसे मेल करना चाहिए। प्रेम का सपना, व्यवहार की ईंटों से साकार करना पड़ता है। इन कठिनतर बातों को हमें करना है। इसे मैं जानता था। और इसीलिए मैं काफी घबरा-सा गया था।

पर तुमने सारी बातें सुलभ कर दीं। तुमने मुझे बदलने नहीं दिया। जिन्दगी के बारे में मैं जो कल्पना किए बैठा था, तुमने अपनी जिन्दगी को वैसा ही ढाल दिया। मेरी महत्त्वाकांक्षी प्रवृत्ति को देखकर तुमने अपनी सारी महत्त्वाकांक्षाओं पर पानी फेर दिया। मैं अपनी जिन्दगी अलग तरह से बढ़ाना चाहता हूँ, यह जानकर तुमने अपनी जिन्दगी को चहारदीवारी में रख दिया। मेरे अहंकार की रक्षा कर तुम झुक गईं। खुद की न जाने कितनी आदतें तुम भूल गईं! ये सारी बातें करते समय तुम कुछ गुस्सा भी हुईं और चिढ़ी भी। पर आखिरकार तुमने कितनी सहजता से सारी बातें कर डालीं! सिर्फ हिन्दू स्त्री ही इतना बड़ा त्याग कर सकती है। क्योंकर किया तुमने? तुम्हारी इन बातों के पीछे निश्चय ही हिन्दू स्त्री की परम्परा निहित है। इसीलिए तुमने ऐसा किया? तुम जानती थीं कि इसके बिना घर न चल सकेगा, या मेरे प्रेम के कारण तुमने ऐसा किया? इतना प्रेम करती हो तुम मुझसे? इतना पसन्द हूँ मैं?

सच पूछा जाए तो तुम्हें ऐसा न करना चाहिए था। कम से कम इतनी सहजता से न करना चाहिए था। कारण, मैं तुम्हारे हर त्याग को भूल जाता हूँ। तुम्हारे कर्मों के लिए मुझे तो कृतज्ञता दिखानी चाहिए थी, वह मैं न दिखा सका। पर मुझे कभी-कभी लगता है कि तुम कृतज्ञता की इतनी परवाह भी नहीं करतीं।

तुम्हें तो मुझसे प्रेम करने, मेरे लिए कष्ट सहन करने और मेरी चिन्ता करने में ही आनन्द आता है। ऐसी तो तुम पहले कभी न थीं। फिर इतनी कैसे बदल गईं।

बार-बार कहने की इच्छा होती है कि कितना सुखी बना डाला तुमने मुझे! दुःख सहन करने की आदत-सी मुझे पड़ गई थी, अभी भी कभी-कभी दुःख अच्छा लगता है। कभी अकारण, तो कभी कारणवश। पर कई दिन ऐसे बीत जाते हैं जब दुःख मुझे महसूस ही नहीं होता। मैं सिर्फ सुखी ही रहता हूँ। हमारा गत तीन वर्षों का सहजीवन कितनी स्मृतियों से भर गया है! उन स्मृतियों को याद करते ही सुख की वर्षा-सी होने लगती है, सुख से मैं भीग जाता हूँ। मुझे एक बार घर आने में काफी देर हो गई। तब तुमने मुझे रास्ते पर देखा और तुम रो दी थीं, जीने पर आते ही तुमने मुझे अपने करीब ले लिया था—वह घटना मुझे याद आती है। कितनी व्याकुल हो उठी थीं तुम! मेरे हाथ छोड़ने को तुम तैयार ही न थीं। मुझसे खूब झगड़ना चाहती थीं। पर तुम तो मेरी ओर देखते हुए सिर्फ रोती ही रहीं—और उस दिन झगड़ न सकीं, इसलिए दूसरे दिन गुस्सा होकर बैठ गईं, कितनी गुस्सा थीं तुम! उस समय वह प्रसंग दुःखदायी था। पर अब वह स्मृति मुझे सुख से भिगो देती है।

याद है तुम्हें? एक बार जब मैं सो रहा था, तब तुम मेरे मुँह पर हाथ फिरा-कर कुछ कहे जा रही थीं। आँखें बन्द कर कुछ समय तक मैं सुख का अनुभव करता रहा और फिर एक गलती कर बैठा। जहां न चाहिए था, वहाँ व्यंग्य कर बैठा और आँखें खोलकर हँस पड़ा। बाप रे! कितनी गुस्सा हुई थीं तुम! मुझसे बातें न करने की, प्रेम न करने की ठान ली थी तुमने, और मेरा हाथ झटककर कितने निग्रह से तुमने मुँह मोड़ लिया था! पर ये सारी बातें कितनी क्षणिक थीं। कुछ देर बाद यह समझकर कि मैं सो गया हूँ, तुम मेरे करीब आ गईं और फिर मैंने आंखें खोलने की गलती न की।

और हम लोगों को दूसरी जगह मिल गई। हम लोगों ने अपना नया घर बसाया। तब तुम आनन्दातिरेक से कैसी पगला गई थीं! छोटी बच्ची जैसी तुम नाची, हँसी, गाना गाने लगीं। और घर सजाना, लोगों को चाय पर बुलाना, नई-नई योजनाएँ बनाना—इन सारी बातों में तुम कितनी रम गई थीं। और किसी बात का तुम्हें ख्याल ही न रहा। पढ़ी-लिखी होने पर भी औरतों को घर बसाने का कितना शौक होता है! पता नहीं किस प्रेरणा से वे ऐसा करती हैं! घर में ऐसी सुन्दरता है और औरत को 'घरवाली' कहने में क्या आनन्द है, यह मैं तभी समझ पाया, और घर मिलने की खुशी में तुमने जो आलिंगन मुझे दिए वे आज भी मेरे शरीर पर बहार जैसे छाए हुए हैं।

तुम्हारे एक शौक का मुझे बड़ा आश्चर्य लगता है। अपने पास के पैसों से तुम हमेशा मेरे लिए कुछ न कुछ लेती थीं। कभी कपड़ा, कभी फाउण्टेनपेन कभी ऐशट्रे। मेरा व्यवहारी मन इन सब पर हंसता रहता। लगता, काहे के लिए यह ऐसा किए जा रही है? मैं क्या खुद चीजें नहीं खरीद सकता? अपने पैसों से अपने शौक की चीज़ें खरीदने के बजाय मेरे लिए क्योंकर चीज़ें खरीदती है? और तो और कभी-कभी तुम ऐसा भी कपड़ा मेरे लिए ले आती थीं कि उसकी कमीज अगर मैं बनवा लेता, तो मेरे दोस्त मुझ पर दिन-भर हँसते रहते। इसलिए मैं तुम पर हँसता था, तुम पर चिढ़ता था। आज भी हँसता हूँ, चिढ़ता हूँ। फिर तुम नाराज हो जाती हो। खूब नाराज होती हो—'तुम्हें किसी बात का शौक नहीं है,' बड़ाबड़ाती हो। फिर से मेरे लिए कुछ न कुछ लाने की ठान लेती हो—और किसी दिन बाहर से आने पर तुम्हारे चेहरे पर उत्सुकता नजर आती है। प्रयासपूर्वक कुछ कहने की इच्छा छुपाना चाहती हो, उत्साह से किसी और विषय पर बात छेड़ देती हो। पर सारा दिखावटीपन ज्याद देर टिक नहीं पाता। मैं अपना कोट वारड्रोब में रखता हूँ, और इतने में तुम कहती हो—'देखो, जरा तुम्हारे टेबुल पर क्या रखा है?' और फिर तुम्हारी उस वस्तु की तारीफ करने के लिए मुझे मेरा उत्साह बटोरना पड़ता है।

तुम्हारा मुझ पर जो प्रेम है न, वही तुम्हारी यह दशा बना देता है, और मैं पागल तुम्हारे इस व्यवहार को पागलपन समझकर हंसता हूँ।

तुम्हारी यह भी इच्छा रहती है कि मैं भी तुम्हारे लिए कुछ न कुछ लाया करूँ, कुछ नहीं तो कम-से-कम गजरा ही। पर जो खुद के लिए खरीदने में ऊबता हो, वह तुम्हारे लिए क्या ला सकेगा! पता नहीं मुझसे बन पड़ेगा या नहीं। इस बात का तुम्हें दुःख होता है। गुस्सा आता है। पर तुम इतनी स्वाभिमानी हो कि कभी भी मुँह से नहीं कहतीं। चुप रहती हो। राह देखती हो। चुप्पी साधने का जैसे व्रत ही ले रखा हो। तुम्हारे मन की ये सारी बातें मुझे मालूम हैं।

पर छोड़ो। कह दूँगा तो नाराज हो जाओगी—मैं जानता हूँ। तुम्हारे मन की हरेक बात मैं जानता हूँ, यह बात तुम्हें अपमान जैसी लगती है। तुम सोचती हो कि तुममें कोई कमी है। पर सच बताऊं? तुम ऐसी सीधी, सरल, सहज हो इसीलिए मुझे पसन्द हो।

तुम इतना प्रेम करती हो! मेरे लिए त्याग करती हो! फिर भी पैसों के विषय में तुम कंजूसाई करती हो। मुझे दिए हुए पैसों को झगड़कर वसूल करने में तुम्हें आनन्द आता है। मैं घूमने जाने लगा कि सिगरेट के लिए मुझे एक आना देने में भी तुम्हारा दिल ऊपर-नीचे होता रहता है। इतर लोगों की तरह मेरी जेब में

खुले पैसे नहीं होते और कपड़े धुलने देते समय तुम्हें मेरी जेब में चिल्लर होना ज़रूरी है। और लोगों की तरह ही सारी बातें होती रहें, यह इच्छा तुममें कूट-कूटकर भरी है। इसीलिए तुम छोटी-छोटी बातों पर मुझसे नाराज रहती हो और तुम्हारी ऐसा नाराज़गी मुझे इतनी अच्छी लगती है कि मैं जेब में एक भी पैसा बचाकर नहीं रखता। तुम नाराज हुईं कि तुम्हारे गाल पर छोटी-सी चपत जमाने में मुझे खूब मज़ा आता है।

तुम्हारा सवाल बड़ा अजीब है। डिब्बा मुफ्त में मिलता है इसलिए तुम महंगी चाय लाती हो। अच्छी बोतलें मिलने की उम्मीद में बेकार दवाइयाँ खरीदती हो और मुझे भी खरीदने की सिफारिश करती हो। मेरे कपड़े फटते नहीं हैं और इस कारण तुम उन पर बर्तन नहीं ले पातीं, इसीलिए मुझसे नाराज़ रहती हो। रिस्टवाच हमेशा बाँधकर घूमती हो, पर हमेशा उसे चाबी देना भूल जाती हो। बस ऐसी उल्टी बातें तुम किया करती हो।

अब और कितनी बातें कहूँ! अब मुझे भी लगने लगा है कि तुम्हारी बातें सुनने में मैं कुछ दोषी हूँ।

और अब तुम नया फन्दा मुझ पर डालने वाली हो। एक नए बन्धन से मुझे जकड़ रखने वाली हो। तुम्हारी शरीर-यष्टि अब भरी हुई है। चाल में एक जवाबदारी आ गई है। तुम्हारी नज़र अब स्थिर हो चुकी है! तुम कुछ गम्भीर हो गई हो। तुम्हें किसी बात की चिन्ता लगती है और तुम मेरे करीब आ जाती हो। किसी चीज़ की तुम्हें खुशी होती है और तुम मेरे करीब आ जाती हो। एक नए हौसले से तुम मुझसे बातें करती हो। एक नई आशा से मेरी ओर देखती हो। मेरे बालों पर हाथ फेरती हो, बेकार ही मन को चिन्ता लगाए रहती हो और दूसरों को भी चिन्ता में डाल देती हो।

अब तुम मेरे लड़के की माँ बनने वाली हो...।

सामने लगे सेंहजन की डाली-डाली फूल चुकी है। एकदम सफेद भी हो गई है। कोमल-कोमल फूलों से लद गई है। केले का पेड़ कुछ-कुछ झुक-सा गया है। चढ़ते दिन की धूप सीढ़ियाँ चढ़कर ऊपर आ रही है। हवा में ठण्डक है। हवा इस तरह संभल-संभलकर, हल्के-हल्के चल रही है, मानो कोई माँ बनने वाली स्त्री धीरे-धीरे संभल-संभलकर पांव रखकर चल रही हो। चारों ओर अजीब-सी खामोशी है।

सिर्फ तुम्हारी याद उस सेंहजन की डालीनुमा मेरे मन में हिल-डुल रही है।

❑

आया क्षण–बीता क्षण

पु. भा. भावे

आरामकुर्सी पर अकेला ही बैठकर मैं घड़ी की ओर देख रहा हूँ। कमरे में कुछ-कुछ अंधेरा है और दीवार पर लगी घड़ी टिक-टिक कर रही है। टिक-टिक–टक-टक! पेण्डुलम हिल रहा है। उस पेण्डुलम की ओर मैं पागलों की तरह देख रहा हूँ। घड़ी कर रही है–"आया क्षण–बीता क्षण!" झूठ लगता है आपको? अजी सच, घड़ी बोल रही है। घड़ी के रूप में प्रत्यक्ष काल ही बोल रहा है। वह तालू पर जीभ पटक-पटककर कर रहा है–"आया क्षण–बीता क्षण!"–और वास्तव में एक-एक क्षण बीत रहा है। एक-एक क्षण मेरी और आपकी ज़िन्दगी से कम हो रहा है–घटा रहा है। आखिर मेरी और आपकी ज़िन्दगी बहुत-से क्षणों से ही बनी हुई है न? क्षणों का समूह–मतलब ज़िन्दगी! पर रेत के टीलेनुमा वह समूह हमेशा कम ही होता रहता है–रीता हुआ जा रहा है। क्षण-क्षण से, रत्ती-रत्ती से कम हो रहा है!–जागो जागो! कुछ तो सोचो! आखिर ऐसे कितने क्षण हैं तुम्हारी ज़िन्दगी में–जानते हो?

–नहीं, नहीं जानते!

–न जानना अच्छा भी है और बुरा भी–!

–मेरे नानू की ज़िन्दगी में कितने क्षण थे, मुझे भी कहां मालूम था? मैं सोचता था, खूब क्षण हैं उसकी ज़िन्दगी में–वे कभी खत्म ही न होंगे। सत्तर साल तक मैं जीवित हूँ, कम से कम इतने ही साल तक तो वह जिएगा ही–उसके पहले मैं मरूंगा–उसे मुझे अन्त में पहुँचाना चाहिए, यही तो मेरी इच्छा थी। उसे मेरी अस्थियाँ गंगा में प्रवाहित करनी चाहिए थीं–उसे मेरी देह को अग्नि देनी चाहिए थी...!

पर क्या हुआ, जानते हैं आप? उसका शव मेरी गोद में आया, मैंने उसकी देह को अग्नि दी–मैंने उसकी अस्थियां गंगा में प्रवाहित कीं–!

देखो, देखो! गए पांच साल से मैं उसके लिए आँसू बहा रहा हूँ।

घड़ी के नम्बर उस उलटे-सीधे पानी में डूब रहे हैं। सात बजने वाले हैं—

—शाम के सात।

—सात बजे नानू वापस आने वाला था।

—पर कितनी ही बार सात बज गए—कितनी ही बार साढ़े सात बजे, पर नानू घर आया ही नहीं—फिर तो नानू का, खून से लथपथ शव ही घर आया—शव आया और नानू कहाँ गया? कौन जाने! नानू तुम कहां चले गए?

देखो सात बजने वाले हैं, साढ़े सात बजे, दस बज गए! फिर तुम घर आना कैसे भूल गए नानू?

छुटपन से मैं तुम्हें बता रहा था कि बच्चों को शाम होते ही घर लौट आना चाहिए।

—गए पांच साल से शाम हो रही है, मैं तुम्हारी राह देख रहा हूँ, पर तुम घर आते ही नहीं! जानते हो, इसी कारण बड़े लोगों को चिंता लगी रहती है।

टिक-टिक!—टक-टक—घड़ी का पेण्डुलम हिल ही रहा है। घड़ी बोले जा रही है—

हाँ, तो मैं क्या कह रहा था? मैं कुछ भी न कह रहा था। यही अभद्र घड़ी हमेशा कह रही है—

"आया क्षण!—बीता क्षण।—आया क्षण—बीता क्षण!"

सममुच नानू चला गया? वह गया तब से वापस आया ही नहीं!! नदी पर तैरने के लिए गया था—वह कल नदी में डूब गया। ऊँचाई से नानू ने कूद लगाई और चट्टान से जा टकराया। सिर फूट गया नानू का! उसका सिर उसकी माँ ने तेल लगाकर बड़ा किया था? चट्टान से टकराने के लिए! नानू तैरने के लिए जाता, तो उसकी माँ का दिल बैठने लगता। मुझे भी चिन्ता लगी रहती थी। नानू हमारा एकलौता बेटा था। पचास बरस की उम्र में जैसे-तैसे, मानता रखकर हुआ था—अब सोचता हूँ, जवानी में हर तरह चले जाने की अपेक्षा अगर पैदा ही न होता तो!—पर जब बच्चा न था, तब लगता था—कम से कम मरा ही बच्चा क्यों न उसके पेट में आ जाए!—घड़ी की ओर तब भी मैं देखा करता था! काल अबाध गति से भागते हुए दिखाई देता था। आज मैं तीस बरस का हुआ, कल चालीस का, परसों पैंतालीस का।—लगता, जवानी चली जा रही है—श्रीमती भी प्रौढ़ा लगने लगी थीं।

—और हमें आशा न रही तब नानू हमारी ज़िन्दगी में आया। कितने दिनों की बंजर पड़ी ज़मीन में एक ज़रा-सा तृण उगा। नानू का पहला रोना सुना और

मैं हँसता रहा। उन्नीस साल तक मैं हँसता रहा—मुझे लगा कि ज़िन्दगी-भर मैं हँसता ही रहूँगा। नानू की गोद में उसके जवान चेहरे की ओर देखते हुए मैं सदैव के लिए सो जाऊँगा। इस कल्पना से मैं हंस रहा था—घड़ी तब भी टक-टक कर रही थी—उधर मेरा ध्यान ही न था—घड़ी कह रही थी—"आया क्षण—बीता क्षण!"—नानू की ज़िन्दगी पल-पल कम हो रही थी—उसके भाग में लम्बी ज़िन्दगी न बदी थी। उन्नीस साल की उम्र ही थी उसके पास। पता नहीं उसे या हमें किसी को भी ज्ञात था या नहीं। नहीं तो काहे के लिए उसे नदी पर जाने देते? उसकी माँ तो हमेशा मना करती रहती। पर उन्नीस बरस का जवान छोकरा हमारी बात मानने वाला था क्या? और कहाँ तक हम उसे संभालने वाले थे—"दिया-बत्ती पर वापस आ जाना नानू!"—"रास्ते पर संभलकर चलना नानू"—"पानी में ऊटपटांग छलांग न मारना नानू!"

—हमें जो कहना चाहिए था वह हम कहते ही थे; पर हमारी बात पर वह कह बैठता था—"मुझे क्या बच्चा समझ रखा है? आप मेरी तनिक भी चिन्ता न करें। देखो तो सही, कैसे मछली की तरह तैरता रहता हूँ पानी में—ज़रा तो आकर देखिए!"

—और ऐसा कहकर नानू चला गया—"शाम को सात बजे तक आ जाऊंगा।" कहकर गया था। जाते समय माँ को हलवा-पूरी बनाने के लिए कह गया था। नानू का स्वास्थ्य अच्छा था। हाज़मा अच्छा था। गए उन्नीस साल तक उसकी माँ ने उसकी इच्छानुसार, जो वह चाहे, बनाकर खिलाया था। आज उसने हलवा-पूरी बनाने के लिए कहा था। उसकी माँ ने बनाकर भी रखी थी। हम दोनों उसकी राह देखते बैठे थे। हमेशा की तरह वह भी एक शाम थी। हमें सपने में भी खबर न थी कि आज की शाम कुछ दूसरे ही प्रकार की है। आज सात बजे तक नानू ज़िन्दा रहने वाला था। वहीं उसकी ज़िन्दगी खत्म होने वाली थी। हमें पता तक न था। घड़ी को सब कुछ मालूम था। कुछ समय यह ज्ञात था। घड़ी टिक-टिक कर रही थी—कह रही थी—"आया क्षण, बीता क्षण।" उस टक-टक का अर्थ ही हम न समझ पाए। हम नानू की राह देख रहे थे। हम घड़ी की ओर देख रहे थे। क्षण, क्षण गुज़र रहा था। नानू की ज़िन्दगी के ये आखिरी क्षण थे। रही-सही ज़िन्दगानी शून्य की ओर बढ़ रही थी। और इधर उसकी माँ ने परोसने की तैयारी कर ली थी। सारी खाने की चीज़ें गर्म थीं। कुछ पूड़ी तलकर रखी थीं, कुछ नानू के आने पर तली जाने वाली थीं। पर नानू आने वाला न था, नानू वह अन्न खाने वाला न था। नानू का अन्तिम खाना दोपहर

को ही हो गया था। अब वह काल के मुँह में जा बैठा था। हमें कहां क्या मालूम था? पर घड़ी तेजी के साथ कह रही थी—"आया क्षण—बीता क्षण!"

यही है वह घड़ी, यही है वह कमरा, यही नानू की किताबें, इस कमरे में वह कभी न आने वाला था। इन किताबों को कभी न छूने वाला था। इस घड़ी की ओर कभी न देखने वाला था। इस घड़ी को नानू ही चाबी देता था। यही घड़ी नानू की ज़िन्दगी नाप रही थी। "सात बजे तक आ जाऊँगा," ज़ोर से कहकर नानू गया था। घड़ी उस समय खिलखिलाकर हँसी होगी और कहने लगी होगी—"आया क्षण—बीता क्षण!"

देखो अभी तक घड़ी खिलखिलाकर हँस ही रही है। मेरी ओर देखकर हँस रही है। आपकी ओर देखकर हँस रही है। आपका ध्यान नहीं है न घड़ी की ओर? इसीलिए तो वह हँस रही है। मेरी ओर भी वह इसी प्रकार हँसी होगी। ये किताबें नानू ने खरीदीं तब सोचा था—नानू अब बी.ए. होगा, एम.ए. होगा, विदेश जाएगा, नाम कमाएगा। घड़ी तब हँस रही होगी। नानू की माँ नाती देखने को व्याकुल थी। तब से दुल्हन के लिए सोना इकट्ठा कह रही थी। उसे नानू की शादी देखनी थी—पर उसे उसकी मृत्यु देखनी है यह वह कहाँ जानती थी? नानू शादी के पहले ही मर जाने वाला है, इस बात को वह घड़ी जानती थी। वह लगातार कह रही थी—"आया क्षण—बीता क्षण।" आपका ध्यान तो नहीं है न उस घड़ी के कहने पर? काम में व्यस्त हैं न आप? इसीलिए लगातार घड़ी की ओर देख रहे हैं न? पर घड़ी की सुइयां आगे-आगे ही बढ़ती जा रही हैं! आगे मतलब किधर? जानते हैं आप? मृत्यु की ओर बढ़ रही हैं? इस गोल चक्की पर यमदूत बैठे हैं—जगह-जगह पर। बिल्कुल लकीरों-लकीरों पर, बिन्दु-बिन्दु पर—कहाँ और किधर छलांग लगेगी, कहा नहीं जा सकता। इस क्षण लगेगी, उस क्षण लगेगी। हर क्षण किसी न किसी पर उसकी छलांग लग ही रही है। हर क्षण कोई न कोई मर ही रहा है। आप भी मरेंगे किसी भी क्षण। मैं क्या कह रहा हूँ? सुनो, सुनो कान खोलकर! टिक-टिक-टिक-टिक!—हाःहाःहाःहाः! आया क्षण—बीता क्षण! आया क्षण—बीता क्षण!!

कौन चिल्ला रहा है बाहर? "अच्छा मिलेंगे रमेश" कह रहा है। वह पड़ोस का रमेश का दोस्त है। अशोक नाम है उसका। हमेशा यही वाक्य सुनता हूँ मैं उससे!

"अच्छा कल मिलेंगे रमेश! पिक्चर चलेंगे!" हाथ हिला रहा है। फिर-फिर कह रहा है—"भूलना मत—कल शाम को मिलना है!"

—नीचे जाऊँ? उसे पकड़कर हिला दूँ? पागल कहीं का, कल के वायदे कर रहा है। कल शाम के वायदे कर रहा है! कैसे हवाले दे रहा है, कल का छोकरा! उसके पास घड़ी नहीं है क्या? 'कल' का मतलब नहीं जानता वह? इसकी घड़ी बोलती नहीं है, क्या? घड़ी के बोल नहीं समझता क्या वह?—सीधे-सीधे कल के वायदे कर रहा है।

देखो, चल दिया वह, साइकल पर!

संभलो, संभलो, अरे अशोक तुम्हारी साइकल कहीं टकरा जाएगी! रास्ते पर एकदम औंधे जा गिरोगे। सिर के बल गिरोगे, तो एकदम मर ही जाओगे! साइकल से गिरे हुए लोग भी मर जाते हैं। देखो तो ज़रा, रास्ते पर कितनी भीड़ है। तुम हो कि एक हाथ से साइकल भगाए जा रहे हो। साइकल किसी से टकरा जाएगी और वह तुम्हारी कनपटी में दो जमा देगा। उतने से ही आदमी मर जाता है। शायद उससे तुम भी मर जाओगे। काहे के लिए कल के वायदे करते फिरते हो? इन चौबीस घण्टों में क्या-क्या होने वाला है, जानते भी हो? पंखा चलता है न तुम्हारे सिर पर, वह तुम पर गिर सकता है। तुम्हारी गर्दन एकदम कट जाएगी। मैंने इस प्रकार की दुर्घटना के बारे में कहीं पढ़ा है। सिगरेट पी रहे हो न तुम? साइकिल चलाते हुए सिगरेट फूंक रहे हो न अशोक—अरे चिनगारी तुम्हारें कपड़ों पर गिर पड़ेगी और देखते-देखते आग सुलग जाएगी। ऐसी खबर भी मैंने कहीं पढ़ी है—साइकल से गिरकर आदमी मरे हैं—झगड़े में आदमी मरे हैं—सिगरेट की आग से आदमी जल मरे हैं। मौत सब पर मंडराया करती है। न जाने कब किस पर टूट पड़े। ज़रा धीरे-धीरे साइकल चलाओ—अशोक धीरे-धीरे चलाओ, और सुनो हाथ की सिगरेट फेंक दो। घर में तुम्हारे माँ-बाप हैं न? वे तुम्हारी राह देख रहे होंगे। उन्हें तुम्हारा कहीं शव ही न दिखाई दे। कल तुम सिनेता जाने वाले हो न! दोनों के टिकट भी निकाल रखे होंगे। आश्वस्त हो न कल के बारे में—फिर कम-से-कम संभलकर तो चलो। अपनी साइकल धीमी चलाओ। सिगरेट फेंक दो। देखो उस गुरखे को तुम्हारा धक्का न लगे—वह चिढ़कर तुम्हारे सीने में छुरा भोंक देगा—सुनते हो अशोक! नहीं सुनते! ठहरो मैं ही आता हूँ—तुम्हें समझाने के लिए।

—मुझे न रोको शास्त्रीजी! "आया क्षण—बीता क्षण"—देखो वह घड़ी बोल रही है। वह अशोक भाग रहा है साइकल पर। अरे वह मौत की ओर भाग रहा होगा। मुझे बचाने दो उसे। पागलपन? अजी शास्त्रीजी, पागलपन नहीं। लाखों आदमी साइकल चलाते होंगे, पर लाखों आदमी मरते भी हैं। छोड़ो—छोड़ दो मुझे! आया क्षण—बीता क्षण! मैं उसे चार बातें बताता हूँ। मुझे तांगे-बांगे का डर नहीं

है। और मैं मर भी गया तो क्या? मैं अभी तक मर ही क्यों न गया, यही तो मैं नहीं समझ पा रहा। छोड़ो मुझे, मुझे अशोक को बचाना है। जवान लड़का है। चार दिन जीने दो उसे—छोड़ो मेरा हाथ—क्या? क्या कहते हो शास्त्रीजी? सुनूँ तुम्हारी बात? घर में वह अकेली है! है न अकेली। वह भी मरने की ही राह देख रही है। मुझसे ही पूछ बैठती है—"मैं क्या ज़िन्दा हूँ?" अरे वह ज़िन्दा है मेरे लिए। मेरी आँखें अंधी हैं। पर मेरा सिर तो अंधा नहीं है। शास्त्रीजी! सच पूछा जाए तो, आप लोगों से मेरा सिर अधिक अच्छा है। मैं कितना जानता हूँ, वह खूब समझती है। ज्ञान खूब है, पर शरीर थक चुका है। थका तो है पर मिटता नहीं। पर उसकी साज-संभाल करने वाला, मेरे अलावा कौन है? उसकी भी उम्र हो चुकी है। मेरी भी हो चुकी है। पर खत्म नहीं होती। घड़ी धीरे-धीरे चल ही रही है। क्षण आते हैं बीत जाते हैं, पर ज़िन्दगी खत्म नहीं होती। ज़िन्दगी खत्म हो गई हमारे नानू की। शुरू होते ही खत्म हो गई। ऐसे ही कहीं अशोक की ज़िन्दगानी खत्म न हो जाए। क्या कहते हो! अब तक वह घर भी पहुँच चुका होगा? घड़ी देखते हैं न आप? वह कह रही है—"आया क्षण—बीता क्षण।" शायद अशोक का मृत शरीर पहुंच गया होगा घर पर! जानते हैं आप? आप तो अपनी धुन में हैं। चोट लगने पर अपने-आप आँखें खुल जाएंगी। तब तक इसी तरह सोते रहेंगे आप। इसी तरह सोते रहेंगे आप। जागिए शास्त्रीजी, जागिए! आया क्षण—बीता क्षण! देखो शास्त्रीजी, क्षण आ रहा है। कब आएगा, जान भी न पाओगे। किस धुन में हैं आप?

"राम-राम-राम!" कौन है वह शास्त्रीजी? "चार दिन में ले जाइए कोट" सामने का दर्ज़ी ही बोल रहा है न? उसकी दुकान पर भी घड़ी है न। वह लगातार टिक-टिक कर रही है—और यह महाराज कह रहे हैं—चार दिन बात देंगे कोट! ये देंगे और लेने वाले लेंगे। दोनों ही पागल! फिर भी दोनों के हाथों में घड़ी है। दोनों घड़ियाँ छिपकलीनुमा चिक-चिक कर रही हैं। इस पर भी ये लोग चार दिन बाद की बातें आज ठहरा रहे हैं! अरे भाई ठहरी बातें अलग ही हैं आप ठहराने वाले कौन होते हैं। उस घड़ी ने और ही कुछ तय कर रखा होगा। कहते हो चार दिन बाद देंगे कोट। बिल्कुल दे ही दोगे! अरे इतने विश्वास की बातें करने वाले आप कौन होते हैं? नहीं दे सकते आप और वह भी नहीं ले सकता। इस्त्री के नीचे जल जाएगा तुम्हारा कोट। राख हो जाएगा। चूहे उसे कुतर-कुतर डालेंगे। टुकड़े-टुकड़े हो जाएंगे—नया का नया कोट बर्बाद हो जाएगा—किसी काम न आ सकेगा। तुम भले ही मशीन चलाए जाओ—कट्-कट्-कट! पर उधर वह

घड़ी बोल रही है न! जब तक कोट सिलेगा तब तक उसकी ज़िन्दगी ही खत्म हो जाएगी। दीमक लग जाएगी उसे, कीड़े खा जाएंगे उसे। स्याही फैल जाएगी उस पर—फिर-फिर कैसे दे पाओगे कोट? और वह लेगा भी कैसे! पान खा रहा था वह शर्मा! —पान चबा रहा था। अजी पान का गूदा गले में अटककर आदमी मर जाता है। अजी मेरा एक रिश्तेदार सुपाड़ी अटक जाने से मर गया! ऐसा ही खा-पीकर डकार लेते हुए सुपारी चबा रहा था। प्रमोशन हुआ था उसका! दूसरे दिन नई जगह पर रहने जाने वाला था। विदेश जाने के भी इरादे कर रहा था। पर—बेकार की बातें—सुपारी अटक जाने से मर गया! घड़ी की ओर ध्यान ही न था उसका। घड़ी ने तो उसका दिन ही तय कर दिया था। हमेशा घड़ी उसे चौकन्ना करती रहती थी। पर काहे को सुनने लगा? उसे लगा कि घड़ी तो एक मरी-मराई चीज़ है। सिर्फ मशीन! मशीन तो वह था! मरने वाला था वह! उसके सीने की धड़कन बन्द होने वाली थी। सुपारी खाते-खाते बंद होने वाली थी—उसने सुपारी मुँह में डाली और उधर घड़ी हंस रही थी—आया क्षण—बीता क्षण! पर वह काहे को सुनने चला है! वह तो अपनी ही धुन में मस्त था!

—वैसे ही वह कोट लेने वाला अपनी धुन में है। कह रहा है चार दिन में ले लेगा कोट! नया कोट! पर तब तक तो उसका शरीर ही गिर पड़ेगा न! मात्र हड्डियों का तो ढांचा है। चार दिन कैसे टिक पाएगा? चार दिन में इधर की दुनिया उधर हो जाती है! ज़्यादा क्या बताऊँ, चार क्षणों में हो सकती है! आदमी की जान जाने में आखिर समय ही कितना लगता है। कुछ भी समय नहीं है, आपको शास्त्रीजी? आलपिन से भी आदमी की जान चली जाती है। अजी इसी तरह मेरे एक दोस्त को आलपिन चुभ गई। उंगली से खून बहने लगा। उसने वह उंगली चूस ली और उंगली पर मिट्टी लगा ली। उसी कारण उसे धुनर्वात हो गया। तड़क-तड़फकर मर गया। नए कोट को बनाने वाले को उसी तरह हो सकता है। वह देखो उधर भैंस दौड़ी चली आ रही है। कितने नुकीले सींग हैं उसके। दर्जी की दुकान पर वह नये कोट की राह देखता खड़ा है। भैंस के सींग उसके पेट में घुस गए तो? पेट फट जाएगा। आंतें बाहर निकल आएंगी। फिर क्या खाक पहनेगा नया कोट? झूठ नहीं कहता शास्त्रीजी—ऐसी बातें होती रहती हैं। हम लोग बेकार ही भ्रम में रहते हैं। हमें लगता है, ऐसा कुछ भी न होगा। पर किसी पर भी ऐसी आफत आ सकती है—कभी भी आ सकती है। बीता क्षण हमारा है, पर अगला क्षण हमारा नहीं। यही तो वह घड़ी बता रही है।—"आया क्षण—बीता क्षण!" ज़िन्दगी बीत रही है—बढ़ती नहीं—खत्म हो रही है। पर

सालगिरह क्या मनाते हैं, सालगिरह के दिन तो रोना चाहिए। मौत एक कदम आपके पास आ गई, मौत के करीब आप चले गए। उस दिन मिठाई क्या बांटते हैं? नये कपड़े क्यों पहनते हैं?

सालगिरह के लिए तो नहीं बनवाया उसने नया कोट? ज़रा पाँचवीं मंज़िल पर तो देखो शास्त्रीजी! शर्माजी नीचे खड़े नये कोट के सपने देख रहे हैं। ऊपर पेड़ पर लगा डिब्बा झूल रहा है, एक लड़का उसे झुला रहा है, अगर कहीं वह डिब्बा, गिर पड़ा तो क्या होगा? शास्त्रीजी ठहरिए—मैं उसे चौकन्ना किए देता हूँ। बेफिक्री से उस दर्जी से बातें किए जा रहा है, और ऊपर डिब्बा हिल रहा है। वह डिब्बा बिजली जैसा उसकी खोपड़ी पर गिर पड़ेगा। बेचारे के बीवी-बच्चे होंगे शास्त्रीजी! माँ-बाप होंगे। अगर कहीं मर गया, और फिर वह नया कोट घर पर आया—डिब्बा हिल रहा है, घड़ी बोल रही है—पेंडुलम हिल रहा है—काल कहे जा रहा है—'आया क्षण—बीता क्षण—आया क्षण—बीता क्षण!'

घड़ी की ओर देख रहे हैं शास्त्रीजी?

मैं घर चला जाऊँ? क्यों? मेरी पत्नी घर पर अकेली है, इसलिए चला जाऊँ? या आपको घर जल्द जाना है? सच बताइए शास्त्रीजी? फिर घड़ी की ओर देख रहे हैं? कितनी सहजता से घड़ी की ओ देखते हैं आप लोग! घड़ी की ओर तो देखते हैं, पर घड़ी क्या कह रही है, इधर ध्यान ही नहीं देते। मेरी बातों से भी आप ऊब चुके हैं। ठीक है! जाइए फिर! घर लोग राह देख रहे होंगे? अच्छा, जाइए जाइए! आपकी राह में वह बड़ी भारी दीवार है! हाँ, उस पुराने घर की दीवार! उस दीवार के नीचे से रोज़ाना सैकड़ों आदमी निश्चिंत होकर गुज़रते रहते हैं। वह दीवार किस पर गिर पड़ेगी कौन जाने? पर कभी तो वह भी गिरेगी—कभी भी गिर सकती है—इसलिए कहता हूँ, घर जाते समय ज़रा संभलकर जाइए।

—ठहरिए—ठहरिए—शास्त्रीजी! आपके साथ में क्या है? बर्फी? हाँ, हाँ? आपके लड़के को लड़की हुई है? मतलब आपको पोती हुई है। आपकी बहू हमारी पत्नी से कह रही थी कि लड़की हुई तो उसे डाक्टर बनाऊँगी। वह खुद डाक्टर न बन सकी, इसलिए लड़की को डाक्टर बनाएगी? कल्पना तो खूब अच्छी है। डाक्टर इन्सान को बचाता है। मौत से झगड़ता है। पर मौत से झगड़ने वाले डाक्टर खुद भी बीमार हो जाते हैं और आखिर मर भी जाते हैं। सच है न? आपने कहीं सुना है कि डाक्टर अमर है? उसके भी तो दिन क्षण-क्षण से भर जाते हैं। पर इतना कौन सोचता है? आपकी बहू अपनी लड़की को डाक्टर बनाएगी। कितने

साल लगेंगे? पच्चीस साल तो लगेंगे ही लगेंगे? अभी-अभी तो तुम्हारी पोती ने जन्म लिया है। बच्चे बड़े शैतान होते हैं। चाहे जो चीज़ मुँह में ले लेते हैं। चाहे जो चीज़ उठा लेते हैं। एक बार एक छोटी बच्ची ने बिच्छू उठा लिया। एक छोटे बच्चे ने चूहे मारने की गोली मुंह में ले ली। एक बेचारी चार साल की छोकरी घर की हौदी में डूब गई—बिलकुल घर के घर में, समझे! उसके माँ-बाप दोपहर में सो रहे थे। और माँ-बाप इतने करीब होने पर भी वह छोकरी हौदी में डूबकर मर गई। माँ-बाप पर क्या गुज़री होगी!

—मुँह मोड़ लिया, शास्त्रीजी?

—नहीं—नहीं—तुम्हें तकलीफ देने के लिए मैं नहीं कहता हूँ! चौकन्ना करने के लिए जो कहता था। अजी मैं तो भुगते बैठा हूँ, शास्त्रीजी! छोटे बच्चे देखते ही मेरा दिल बैठ जाता है। कैसे रक्षा करें उनकी? कितना बचाएँ? मौत उन्हें उठा लेने के लिए जगह-जगह बैठी हुई है। काहे की योजना बनाए हम लोग? मैंने भी अपने नानू के बारे में क्या-क्या सोच रखा था। आपकी बहू आपकी पोती के लिए योजनाएँ बना रही हैं, पर योजना बनाने वाले हम लोग कौन होते हैं?

—फिर घड़ी की ओर देखा, शास्त्रीजी!—जाता हूँ, जाता हूँ—मैं घर जाता हूँ! पर उस अशोक का क्या हुआ होगा।—सकुशल घर पहुंच गया होगा न!—

—हाँ—हाँ! देखा मैंने शास्त्रीजी! वह हमारा नौकर इधर दौड़ा चला आ रहा है—रामू! मेरी पत्नी ने उसे मुझे ढूंढ़ने के लिए भेजा होगा! छोटे बच्चेनुमा मेरी चिन्ता करती रहती है! इसी काम के लिए वह जीवित भी है। मेरे लिए—पर मेरी चिन्ता करने की क्या ज़रूरत है शास्त्रीजी? मैं तो घड़ी की ओर देख रहा हूँ। बस घण्टा बजा और मैं चल दिया। फिर घड़ी की ओर देखा, शास्त्रीजी? अच्छा, अच्छा जाइए! संभलकर जाइए! कल आएंगे? देखिए, कोशिश कीजिए। कल को किसने देखा है संभलकर जाइए शास्त्रीजी!

रामू! पहले घर की ओर भागो! मेरे पीछे आने के लिए किसने कहा था? मैं जानता हूँ उसी ने भेजा होगा। पर उसे अकेली छोड़कर तू आया ही क्यों? एकदम घर चले जाओ। मैं तुम्हारे पीछे-पीछे आता ही हूँ। मेरी ओर क्या देख रहे हो? कह रहा हूँ न—चले जाओ! वापस आने पर मैं उसे बता दूँगा कि मैंने ही तुम्हें वापस भेज दिया था। मेरी तनिक चिन्ता न करो। मेरा क्या बनने-बिगड़ने वाला है? होने दो अंधेरा। आ जाऊँगा धीरे-धीरे घर पर। और मर गया तो मर गया। पर तुम पहले घर जाओ। चलो, भागो, मैं आ रहा हूँ, तुम्हें कोई न डाटेंगा—होने दो अंधेरा, होने दो भीड़। मैं कौन करने वाला हूँ। उसे कहो कि मैं आ ही रहा

हूँ। अब बातें न करो। कितनी बातें करोगे? जाओ पहले! चलो, जाओ! मैं भी आ रहा हूँ। हाँ-हाँ संभलकर आऊँगा। तुम तो जाओ यहाँ से।

—नमस्कार, नमस्कार दामू अण्णा! हाँ ज़रा जल्दी में हूँ। घर की ओर ही जा रहा हूँ। वह अकेली है घर पर। घर पर हम लोग दो ही प्राणी तो हैं और तीसरा हमारा रामू। मेरे घर पर न होने पर वह घबरा जाती है। वृद्धा का प्रेम इसी तरह तो होता है। नहीं, नहीं—चाय-वाय कुछ भी न चाहिए। वैसे ही आप दिखाई दिए, इसलिए रुक गया—पत्रिका? काहे की पत्रिका? काहे का निमंत्रण? बच्चे के जनेऊ का? हाँ-हाँ, मिल गया। परसों है जनेऊ। हाँ-हाँ आऊँगा। आने की बात कैसे कहूँ—पर कहता हूँ, आऊँगा! क्यों? —ओ, वह घड़ी क्या कह रही है, सुनते हैं आप? आया क्षण—बीता क्षण—आया क्षण—बीता क्षण—आया क्षण।' क्या कह रहे हैं—सब जानते हैं आप? अच्छा, अच्छा। जानते हैं उन्हें काफी। लड़का कहां है आपका? छोटा नहीं, जिसका जनेऊ है वह—दत्तू यहीं था अभी? अभी यहीं था। फिर अब कहां चला गया?—भागिए, दौड़िए—दामू अण्णा—वह आपका दत्तू खम्भे पर चढ़ रहा है—तार के खम्भे पर! बिजली के खम्भे पर! तार में बींधी पतंग वह देख रहा है। अजी दामू अण्णा। देखते क्या हैं? बिजली के झटके से जान चली जाएगी। राम-राम-राम! बिजली क्या, आगी क्या, पानी क्या, आलपिन क्या—कितने रूप हैं मौत के? कहीं भी जाइए, मौत बैठी ही रहेगी। उतारिए उसे नीचे! परसों जनेऊ है न?—दत्तू, अरे दत्तू उतरो न खम्भे से!

अरे चेहरा क्यों उतर गया दामू अण्णा? मेरी बात कड़वी लगी आपको? बच्चे को कुछ हो गया तो अच्छा लगेगा क्या? अच्छा! भगवान बचाने वाला है—वह संभालने वाला है। पर भगवान कई बार संभालता ही नहीं, दामू अण्णा! जाने दो! मेरी बातों से आप न समझ सकेंगे? अच्छा नमस्कार, जाता हूँ।

—कौन, कुसुम? गुस्सा न करो। दूर से पहचानने में न आई? आजकल आँखों से ठीक दिखाई नहीं देता। सच, साफ-साफ तो परलोक दिखाई देता है। बस वही एक दिखाई देता है। आखिर मैंने कहा क्या? अरे मैं नहीं, वह घड़ी ही कहे जा रही है। ज़रा अपनी रिस्टवाच कान से लगाकर तो देखो! अरी, उस सोने की चेन वाली रिस्टवाच का भी यही कहना है—'आया क्षण—बीता क्षण'!—अच्छा, नहीं बोलता, तुम्हें ठीक नहीं लगता तो। गुस्सा न होओ! पर मैं तुम पर नाराज़ हूँ। कितने दिनों तक तुम आई ही नहीं पर। एम.ए. हो गई इसलिए दिमाग उठ गए न? अरी तुम चाहे जितनी बड़ी हो जाओ, पर हम लोगों के लिए तो छोटी ही हो। तुम जैसे बच्चे घर आने पर हम लोगों को खुशी ही होती है। वह तो

तुम्हारी राह ही देख रही है। हमारे नानू के साथ खेलती थीं न तुम? बहू बनी होतीं। फिर इतनी भूल गई हम लोगों को। इम्तहान की गड़बड़ी थी तो क्या हुआ? कुछ देर के लिए तो आ जातीं। क्या कहती हो, अभी-अभी घर होकर आ रही हो? हलवा बनाकर खिलाया तुम्हें। हां तो खिलाना ही चाहिए। तुम जैसे बच्चों को न खिलाएं तो किसे खिलाएँ। उसे तो बिना किसी को खिलाए भूख ही नहीं लगती! क्या कह रही हो कुसुम, वह मेरी राह देख रही है, खाना खाने के लिए? सारा खाना बनाकर इन्तज़ार कर रही है? जाता हूँ, जाता हूँ; देखो मैं चल दिया। तनिक भी चिन्ता न करो। तुम जाओ! मैं सीधा घर ही जाता हूँ—ठहरो—ठहरो कुसुम! आखिर बताओ तो सही इतनी जल्दी में किधर जा रही हो? तार करने जा रही हो? और इतनी रात में? क्यों क्या बात है? दिल्ली में नौकरी के लिए एकदम जाना है? इसलिए तार कर रही हो? इस समय तार करने के लिए जनरल पोस्ट आफिस में जाना पड़ेगा। अच्छा वहीं जा रही हो? अच्छा-अच्छा! पर सुनो, वहां अच्छा-खासा बाग बगीचा है, तुम ठहरी फूलों को चाहने वाली। फूल देखते ही तोड़ने पहुँच जाती हो, यही तुम्हारी छुटपन से आदत है। इसलिए कहता हूँ एकदम किसी पेड़ से हाथ न लगाना, हरे घास पर न चलना। अन्धेरा है। कहीं कीड़े-मकोड़े! समय किसी से कहकर नहीं आता। हँसो मत। पोस्ट मास्टर साहब के पिताजी साँप के काटने से मर गए। ऊपर से उनके बिस्तर पर साँप गिर पड़ा। इस घटना को एक साल भी नहीं हुआ। जानती हो, इस देश में साँप काटने से कितने आदमी मर जाते हैं? अरी, जंगल की बात छोड़ो। मौत के लिए कोई रास्ता बन्द नहीं है। समझीं? पहाड़, जंगल, नदी, जहाज़, रेलगाड़ी और गाँव के घर भी। हर जगह मौत बैठी ही हुई है। तुम भी घड़ी की ओर देखने लगीं? अच्छा जाओ तुम—पोस्ट आफिस जाओ! उस पोसट आफिस के गुंबज पर कितनी बड़ी घड़ी लगी है। कितने ज़ोर से घण्टे बजते हैं? चिल्ला-चिल्लाकर वह कहती है—'आया क्षण—बीता क्षण!' अच्छा-अच्छा! जाता हूँ। मैं सीधा घर पर ही जाता हूँ, अकेली है न वह घर पर? पर तुम संभलकर जाओ कुसुम! अंधेरे में अकेली जा रही हो। हाँ-हाँ, देखो, मैं चल ही दिया। तुम काहे के लिए आती हो? पास ही तो घर है। देखो, मैं चल दिया।

क्या कह रही हो नानी माँ? मैं न? घर की ओर जा रहा हूँ। घ-र की ओर-जा-रहा हूँ? आजकल तुम्हें और भी कम सुनाई देने लगा है। क्या कह रही हो बयासी साल पूरे हो चुके हैं? अरे वही आनन्द है। पर नानी माँ सामने की सड़क का 'मेन होल' खुला है, जानती हो? 'मेन-होल' मतलब नाली का बड़ा

मुँह! वह खुला हुआ है समझीं? नहीं तो सीधी उसमें घुस जाओगी। हाँ-हाँ, आँखें होने दो ठीक। सिर्फ तुम्हें बता सकता हूँ। मरने के लिए जगह-जगह पर कैसी-कैसी व्यवस्थाएँ हैं। मरने से तो आप भी नहीं डरतीं और मैं भी नहीं डरता। पर मैं कहता हूँ मरना ही है तो नाली में क्योंकर मरें? हाँ, हाँ, सच कहती हो नानी माँ! हम लोगों के हाथ की बात कहां है। मैं सब जानता हूँ, यह बात कहीं कहने की है? अच्छा, पर जा कहाँ रही हो? इस समय मन्दिर में! अच्छा! हाँ, मैंने तो उधर जाना ही छोड़ दिया है। अब क्या माँगने को रह गया है भगवान से! मैं घर की ओर जा रहा हूँ? जल्दी जाऊँ एँ? क्यों? मुझे कोई पूछ रहा था? कौन? होंगे-होंगे—मेहमान भी हो सकते हैं—इसलिए फिर वह नाराज हो जाएगी—काम खूब करना पड़ेगा, पर करेगी ही—पर मैं उसको कष्ट देना नहीं चाहता। अच्छा चलता हूँ नानी माँ। देखता हूँ कौन आया है।

अरे, रामू तुम फिर आ गए? वापिस किसलिए आए। मुझे ढूँढ़ने के लिए? मैं तो आ ही रहा था, और क्यों रे कौन आया है अपने घर पर? बोलो न? कौन लोग आए हैं? अरे कहो न क्या साँप सूँघ गया है, बोलता क्यों नहीं? आखिर क्या बात है रामू? बोलते हो या नहीं? क्या मज़ाक बना रखा है! ये कौन लोग जा रहे हैं अपने घर पर? और तुम घर छोड़कर कैसे चले आए? उसे अकेली छोड़कर न आना, कहा न मैंने? फिर तुम क्यों चले आए? रामू बोलते हो कि नहीं, जवाब दो? मेरा मुंह क्या देख रहे हो? ज़रा मुंह खोलो न? एक लगाऊँगा? क्या कहे रहे थे, बताओ न? बाईजी-बाईजी आगे क्या? और कहो न? खाना-बाना रखा है न उसने? मेरी राह देख रही है न? हलुआ बनाया था न उसने कुसुम के लिए? कुसुम अभी-अभी उससे मिलकर गई है न? और क्या मुंह हिला रहे हो? कुछ कहो तो सही! वह नाराज़ हुई क्या तुम पर? या मुझ पर नाराज़ हुई बताओ सही आखिर बात क्या है—अब चुप न रहो, रामू! पैरों पड़ता हूँ, बताओ—आखिर क्या बात है? देखो पैरों पड़ता हूँ—

क्या? क्या कह रहे हो रामू—वह चली गई? मुझे ढूँढ़ने वह जीने पर आई? और जीने से फिसलकर नीचे गई? सिर फूट गया उसका? धड़कन बंद हो गई?—अरे रामू क्या कहे रहे हो तुम? अभी-अभी उसने हलुआ बनाया था न? उसने खाना बनाया था न? मेरी राह देख रही थी न? और घर पर पहुँचने के पहले ही वह चली गई। मेरे न रहते चली गई? जैसे नानू चला गया, वैसे ही वह भी चली गई? मुझे अकेले छोड़कर चली गई? कहां है वह? देखें ज़रा?

निर्मला तुम चली गईं। आया गया तुम्हारे जाने का क्षण, इस तरह आया।

घर की सीढ़ियों पर आया। मेरी राह देखते-देखते आया, तो अब मेरा क्षण कब आने वाला है? अब मैं कब तक ज़िन्दा रहूँ? किसलिए ज़िन्दा रहूँ? कब तक अकेले उस क्षण की राह देखूँ?...नहीं-नहीं, अब न देखूँगा। मैं अब न बचूँगा। मैं उस क्षण को खींच लाऊँगा। उस क्षण के आने तक मैं घड़ी के कांटे ज़ोर-ज़ोर से घुमाऊँगा। उसका सिर फूट गया, मैं भी अपना...नहीं फूटता? फूटता नहीं? कैसे नहीं फूटता? मैं फोड़ दूँगा! ऐसे फोड़ दूँगा—फूटते तक फोड़ूँगा!

—दूर हो जाओ, हट जाओ। हट जाओ सब लोग। मेरे शरीर में हाथ न लगाओ! तुम्हें मेरे खून की कसम है, तुम्हें उसकी कसम है। तुम्हें मेरे नानू की कसम है, तुम्हारे बाल बच्चों की कसम है—उसके खून की कसम है। हाँ! खून! इसी तरह सिर फोड़ लूँगा। मर जाने तक फोड़ूंगा। हट जाओ सब लोग। मुझे मरने दो। मुझे पूरी तरह मरना है—इसी क्षण मरना है। हम दोनों को साथ-साथ श्मशान ले जाइए। मरने दो मुझे! मुझे मरने दो—मरने दो मुझे—मरने दो न मुझे—

❑

व्रती

अरविंद गोखले

क्या-क्या होता है?

सिर दर्द से नींद नहीं आती। सारा सिर दर्द करता है यहाँ तक कि दिमाग भी दर्द कर उठता है। जैसे कोई कपड़े धोने की मुंगरी मार रहा हो। पर क्या किया जाए? वैसी ही सुबह उठती हूँ और खिड़की की ओर जाती हूँ। सुबह होने वाली है। पर...पर...पर क्या?

पर लगता है—एकदम रात है। आसमान में इतना उजेला कि चाँदनी फीकी लगती है। सच पूछा जाए, तो उजेला, रास्ते का उजेला है। रास्ता भरा हुआ और उजेले से भरा हुआ। चारों ओर खिड़कियाँ-ही-खिड़कियाँ और खिड़कियों में औरतें रंगी हुई। धन्धे वाली औरतें। वेश्याएँ। हूँ....!

और कैसा क्या लगता है?

हाँ। कभी-कभी बैठे ही बैठे लगता है कि अजगर धीरे-से आया है और जैसे सारे शरीर को निगल जाएगा...।

अजगर कैसा होता है, आज तक नहीं देखा। पर लगता है मन में अनेक विचार घूम रहे हैं। लगता है मन तेजी से घूमने वाली रेलगाड़ी डिब्बा है। विचार यात्री हैं। एक-दूसरे से कोई पहचान नहीं। कुछ घमण्डी, कुछ स्वार्थी, कुछ कंजूस, कुछ लाचार और उनमें से कुछ भीख माँगते महारोगी...मेरे मन में पीड़ा पहुँचाते हुए। हाय माँ...!

आखिर यह सब क्या है? माधुरी के मन की कुण्ठा? खुद के बनाये संवाद? मन में घूमते विचार? ऐसा लगता है कि हम पसीना पोंछते हुए सायक्याट्रिस्ट के सामने बैठे हैं। सारी कथा बताते हुए। मन की कुण्ठा, तूफान समस्याएँ, व्यथा और न जाने क्या-क्या—जिन्दगी की समस्याएं। कई अंग्रेजी फिल्मों में ऐसे ही दृश्य होते हैं। उलझन में होने पर नायिका डाक्टर के पास जाती है। फिल्म कि...

फिर जैसे फिल्म की याद आती है। माधुरी को वे दिन आते हैं, जब वह

हिन्दी फिल्मों में काम करती थी। फिल्मों में अदा किए पार्ट। कुछ फिल्मों में और अच्छी फिल्मों में। न आवाज, न अभिनय। केवल शरीर पर मिलने वाले पार्ट। फिगर। किसी भी ड्रेस में और कम-से-कम वस्त्रों में माधुरी की आकृति पागल बना देने वाली थी सेक्स अपील की साक्षात नारी। कुछ शाट्स तो केवल उसके शरीर का उभार दिखने के लिए लिये जाते। प्रेक्षकों को दिखाने के लिए। (कुछ सेंसर ने काट दिए थे) शौकिया मंच पर जब वह खड़ी रहती तो...!

लगता कि सीधे स्टूडियो में जाऊँ और काम माँगूँ। अभी भी मेरी 'फिगर' ठीक है। अभी भी मैं नाच सकती हूँ। तैराकी सीन में काम कर सकती हूँ। काण्ट्रैक्ट चाहती हूँ। एडवांस दो। पहले से कम माँग, या फिर नाटकों में काम? दो-चार नाटक अभी भी याद हैं। नया नाटक मिल गया, तो फिर क्या पूछना! मॉडल का काम करत सकती हूँ। काम मिल सकता है? दस साल पहले पत्रिकाओं के मुख्य पृष्ठों पर उसके चित्र छपते थे। सारी पत्रिकाएँ रद्दी में चली गईं। पत्रिकाओं के भी दिवाले निकल गए। पर इससे क्या? मुख्य पृष्ठों की कटिंग आज भी माधुरी के पास सुरक्षित हैं। उसका चेहरा है, उसका सौन्दर्य है। दस साल हो गए—दो बच्चे हुए, परिवार बन गया—पर अभी सौन्दर्य तो शेष है...!

पर एकदम अजीब कंपकंपी! मन विचारों में डूब जाता है और उसमें से जैसे कोई महारोगी गिरता-उठता चलने लगता है। माधुरी उठती है। किसी पहचान अथवा बिना पहचान वाले नाटककार को रोक लेती है। क्या खाक नाटक लिखते हैं आप! मैं तुम्हें थीम देती हूँ। मेरी प्राब्लम (समस्या) पर नाटक लिखिए।

माँ को अभी इसका अर्थ ही नहीं मालूम। वह तो 'नाइट' जानती है, शूटिंग जानती है, मेकअप जानती है, ब्लैकमनी जानती है, पर प्राब्लम नहीं जानती। चालीस गाँव में रहने वाली स्त्री बम्बई के कलाकारों के शब्दों के अर्थ समझने लगी है। पर वह प्राब्लम नहीं समझती। दस साल की झंझटों से वह हैरान हो गई है। ज़िन्दगी में फिर से आने वाली आफतों से वह पगला गई है। प्राब्लम गई भाड़ में। माधुरी पैसा लाओ—कहीं से भी और कैसे भी! उधार कोई कहां तक देने लगा। लकड़ी-कोयला खत्म हो गया। किराये को मारो गोली, पर बिजली वाले तार काट गए हैं।

अंधकाररूपी अजगर सम्पूर्ण ज़िन्दगी निगल जाना चाहता है। चारों ओर झंझटें! बेबी को माण्टेसरी में और बाबा को स्काउट कैम्प में भेजकर वह बिस्तर में पड़ी हुई है। और माँ की बकबक शुरू हो गई। ऐसा लगा कि सब कुछ ठीक चल रहा है, पर...।

—

पैसे के बारे में मैं क्या बताऊँ माँ? मुझसे क्यों पूछती हो? पैसे कमाना, बाज़ार हाट करना, जिम्मेदारी निभाना सभी बातें मैंने छोड़ दी हैं माँ! दस साल हो गए। बाबा के वक्त से नाटकों में काम करना छोड़ बैठी और...!

भैया कहाँ हैं? दो साल पहले लॉण्ड्री खोलने दो हज़ार ले गए। पर महीने में दस रुपए भी देते हैं क्या? नहीं तो बीना से कहना डाक्टर होती रहोगी बाद में, पहले चार पेशेण्ट देखे ज़रा।

नन्दन। कितने दिनों से वापस नहीं आए। किसी नाटक में मिले पचास रुपए दे गए और उसके बाद...!

माधुरी उठ बैठी। सारा खेल बिगड़ा जा रहा था। घर आँखों के सामने घूम रहा था। सिर का आंचल कोई खींचे जा रहा था। माधुरी ने दोनों हाथ वक्षस्थल पर रख कर आंचल संभाला। पीछे देखने से क्या मतलब? इतने दिनों तक सबको संभालती रही—परिवार, घर....अब फिर...वही महारोगी...!

बीना तुम्हारे ख्याल में कोई महिला है क्या? अंग्रेजी पढ़ाने वाली। अंग्रेज़ी सीखूँगी—कहीं सेकेटरी का काम मिल जाएगा....कम-से-कम-कम्पनी में ही सही। कहीं प्रौढ़ महिलाओं के लिए अंग्रेज़ी की कक्षाएं लगती हैं? अंग्रेज़ी का पागलपन सवार हुआ और चला गया। उसके लिए माधुरी का एक रुपया बस में खर्च हो गया। आखिरी रुपया, कुछ भी न हो सकेगा। और हो भी क्यों? ज़िन्दगी के चौदह साल से पच्चीस साल तक उसने पैसे कमाने के लिए क्या-क्या नहीं किया। अब गृहिणी का अधिकार क्यों कर छोड़ दे? पति हट्टा-कट्टा होने पर भैया, बीना, केशव सबके बड़े होने पर? चौदह साल! माधुरी बेबी का फोटो देखती है। बेबी जब चौदह वर्ष की होगी, तब कैसी, क्या दिखाई देखी? स्मार्ट होने पर भी काफी दुबली-पतली है। माधुरी चौदह बरस की थी, तब कितनी सुन्दर थी, कितनी भरी हुई! खिले कमल-सा मुखड़ा, चलने लगती, तो नागर नरों की निगाहें खींच लेती। सक्सेनाजी की शादी में वह दुलहिन की हमजोली बनकर बम्बई आई थी। जनवासे में इधर-उधर घूमती, तो दूल्हा भी उसकी ओर देखने लगता। बारात के साथ आए एक निर्देशक ने अगरबत्ती लगाते हुए देखा था। उसने कहीं पढ़ रखा था कि नई हीरोइन उसी के तरह कहीं दिखाई देती है—शादी की भीड़ में, लड़कियों के स्कूल में, बस के क्यू में। माधुरी की मोहनी सूरत देखकर वह फिदा हो गया। नए नाटक की हीरोइन बनाने का इरादा कर बैठा। अगर वह नाटक में पार्ट करने लगी तो एकदम चमक उठेगी। हमारे ग्रुप में काम करोगी? मानो, तुम्हारे लिए ही लिखा नाटक खेलने वाला हूँ। यू आर जस्ट द फेस। जस्ट द फिगर। सक्सेनाजी

का परिवार वापस लौट गया। दुलहिन अपने काम-काज़ में लग गई, और माधुरी एक नाटक के ग्रुप में संवाद याद करने लगी। नाटक असफल रहा। फोटो स्टूडियो से लेकर फिल्म स्टूडियो तक वह छोटा-मोटा काम करने लगी। पैसे कमाने लगी। मुखपृष्ठों के लिए मॉडल, फिल्म में नर्तकों के साथ नायिका की सखी बन कर, नायिका की पान वाली और न जाने क्या क्या—चेहरा दिखाने की सारी अनावृत्त कलाएँ।

पर उस काम से पैसा मिला। गाँव से माँ और भाई, बहनों को वह बम्बई ले आई। तीन कमरों का फ्लैट। परिवार बस गया। केशव का पोलियो ठीक कराया। बीना को हाईस्कूल और फिर मैडिकल में भेजा। भैया की मौज़-बहार की ज़िन्दगी निभाई—वह सब इसी आमदनी पर? वैसी नेकी निभाई इसलिए काम-काज मिलना कठिन हो गया।

माधुरी कांप उठी। फोटो स्टूडियो की एक सांझ। पल्लू ठीक करने के निमित्त फोटोग्राफर की बदमाशी...और फिर पौराणिक चित्र में, बड़ा काम मिलने की उम्मीद में, निर्माता के साथ जुहू में बिताई एक रात... पर इसमें कांपने की क्या बात है? वैसी कितनी ही रातें बिता दी थीं। निर्माता, फिर कुछ दिन स्टूडियो मैनेजर, एक बार मारवाड़ी...।

इस सबसे ही तो भैया का कर्ज़ा चुकाया गया। केशव को अस्पताल में रखा गया और माँ को...!

अब चारों ओर अंधेरा है। अस्पष्ट सब धुंधला। पैसे कमाने वाली माधुरी कुछ दूसरी ही थी। वही शरीर, उतना ही गदकारा। पर वह उम्र कुछ दूसरी थी। अब फिर...अब फिर...वही?

बेबी और बाबा दोनों न थे। पर जैसे वे पास ही हों, ऐसा समझ उन्हें छाती में लगा लिया। मेरे बच्चे! मैंने जन्म दिया उन्हें, मैंने पाला उन्हें। बेबी के समय पहले जैसी दवाई लेकर सारी बात खत्म करने की ज़रूरत न थी। गर्दन ऊपर किए घूमा करती। दुलहिन बनकर। पतिव्रता बनकर। रंगमंच से नाता तोड़ा, तो सारे घर के लोग नाराज़ थे। एक बाज़ार से सामान लाने में, खाना बनाने में, पलना हिलाने में, लोरी गाने में, क्या कम सुख था? नन्दन नाटक की रिहर्सल खत्म कर थक कर आते—बच्चे भूखे से...माधुरी को एकदम याद आया, बेबी की फीस भरना है। बाबा स्काउट से वापस आया कि उसके टांसिल...!

पैसे, पैसे...!

वह उठी और माँ के सामने जा खड़ी हो गई। "माँ पैसे कमाने वाली, क्या मैं ही अकेली हूँ?"

“फिर कौन कमायेगा? भैया व्यापार के लिए पैसे ले जाते हैं, पर न जाने कहां उड़ा देते हैं। केशव तो पागल है। बीना पढ़ रही है।”

“पर मुझे कौन पैसे देने वाला है? कुछ भी काम नहीं मिलता माँ! बीस जगह चक्कर काट आई हूँ।”

“तेरा पुराना दोस्त...वह सूट पहनने वाला...।”

“उसने तो थिएटर बेच दिया। अब वह फूलों का धन्धा करने लगा। वह क्या मुझे नौकरी देगा?”

“पर वह पैसे देगा तुझे...पहले दिए थे न!”

“माँ–कह क्या रही हो माँ?”

“क्या करूँ फिर? उधार तो कोई भी नहीं देता। उधारी बन्द हो गयी है। कल से उपवास..!”

माँ मन्दिर में कथा सुनने चली गई और क्या, अंधेरे में माधुरी अकेली रह गई। उसी ने घर देखा था, सजाया था। भाई-बहनों को वही यहां लाई थी, उनके उज्ज्वल भविष्य के लिए।

“जीजी, रात भर कहां थीं तुम? शूटिंग तो नहीं थी। मैंने फोन किया था।”

“जुहू गई थी, बीना, इण्डोर था।”

“ऐसा क्यों करती हो जीजी? ऐसी भयंकर...”

“तुझे मेडिकल कोर्स पूरा करना है न बीना, इसलिए। फिर कभी न पूछना ऐसी बातें।”

कितने साल पहले की बातें हैं। बीना ने फिर कभी पूछा नहीं। आज तो वह कालेज जाते समय कह बैठी, “जीजी, फीस देना है। डेढ़ सौ रुपए चाहिए। बैंक में न हों तो जुहू जाओ।”

“बीना! शादी हो चुकी है मेरी।” माधुरी अंधेरे कमरे से बरामदे में आई–धुंधले प्रकाश में खुद से ही बोल उठी। मंगलसूत्र के मोती उसने टटोले, देखे। नन्दन के साथ कितनी आशा से शादी की थी, चार-पाँच साल पहले की खराब जिन्दगी काटी होती, तो लाखों रुपए जमा कर लिये होते। उसके साथ एक्स्ट्रा में काम करने वाली मोहना आज कितनी बड़ी स्टेट की रानी है। (अन्त में हास्पिटल में दम तोड़ रही है और सुनते हैं कि नरेन्द्र को कोई भगा ले गया) मुझे भी वैसे मौके मिल रहे थे, पर आखिर नन्दन से विवाह...फिर वही समस्या भरी ज़िन्दगी–बरामदे में सामने की लॉज से आता ट्यूबलाइट का उजेला फैला हुआ था। बरामदे के एक अंधेरे कोने में खड़ी रहकर माधुरी पागल जैसी बाहर

देख रही थी। बार-बार 'टेक' लेने पर लव सीन फीके लगने लगते हैं, वैसे ही नन्दन के साथ प्रणय–उसे लगा कोई अन्तर नहीं दोनों में...कहीं किसी जगह आउटडोर के समय उससे भेंट हुई। वह जिस फोटोग्राफर का चेहरा देती थी, उसके यहाँ वह चाय पीने जाया करता था। एक बार केशव जब रास्ते में गिर पड़ा, तो नन्दन उसे पीठ पर लादकर ले आया था।

"मेरे शरीर से ही प्रेम करते हैं आप?"

"केवल शरीर नहीं, माधुरी। मुझे तुम्हारा हृदय चाहिए–दिल चाहिए माधुरी! माथेरान से तुम बीमार पड़ कर आई और मैं तुम्हारी देखभाल करने लगा। दिन-रात जागता रहा–यह जानते हुए भी कि माथेरान तुम किसके साथ गई थीं।"

फीके लव सीन में यहाँ कंपकंपी छूट गई। अंधक प्रकाश में माधुरी की आकृति गद्‌गद हो गई। "नन्दन वास्तव में तुम्हारा प्रेम मुझसे है–मेरे प्रेम से कहीं अधिक। मेरी विकृत जिन्दगी को जानते हुए भी, तुमने मुझे स्वीकार कर लिया। मंगल-सूत्र पहना कर तुमने पतिव्रता बना लिया। सारे पुराने मित्रों को छोड़, पुरानी ज़िन्दगी को भूल, मैंने घर बसा लिया। फिर से पोज नहीं दिया, नाइट नहीं ली–केवल घर और केवल घर।"

देखते-देखते घर में नन्दन घुलमिल गए। घर में काम करने वाला मिल गया। भैया को उन्होंने पोस्टर्स रंगने के काम पर लगा दिया। घर का काम करने लगे। बाजार-हाट करने लगे। माँ सबकी नज़र उतारने लगी। माधुरी ने जमा किया हुआ पैसा और छोटी-मोटी भूमिका अदा कर नन्दन के पैसे...भैया खुद धंधा करेंगे। लॉण्ड्री या खिलौनों की दुकान या फिर बीना डाक्टर बनेगी।...नन्दन की नाटक कम्पनी...बाबा को खिलाते समय, बेबी को दूध पिलाते समय माधुरी इसी कल्पना में बह जाती थी।

कभी नाटकों में जाने पर पुरानी जिन्दगी बरबस याद आ जाती। पुराने दोस्त मिल जाते थे। पर माधुरी जैसे निर्विकार। एकदम निर्विकार। पुराने आश्रयदाता चक्कर काटने लगे। कोशिशें करने लगे। शादी हो गई, तो क्या हो गया? अभिनेत्री की शादी का कोई अर्थ नहीं। शादी तो लायसेंस है। पति सब जानते हैं....पर वे सब बेशर्म लोग। वे निराश हो गए, माधुरी के चित्र उनकी टेबुलों से हट गए। माधुरी का नाम लिस्ट से निकाल दिया गया।

और अब अकस्मात्...!

आतुरता से वह नन्दन का स्मरण करने लगी। देखने लगी रास्ते की ओर–कहीं दिखाई दे इसलिए। पहले वह बच्चों को सुलाते हुए उसकी राह देखा

करती, नन्दन देरी से लौटते। कभी काम समाप्त कर, कभी बिना काम के—निराश होकर।

"धैर्य क्यों छोड़ते हैं आप—मिलेगा। कहीं-न-कहीं, आखिर मिलेगा ही।"

"कहाँ मिलता है, माधुरी? सारा ग्रुप नाराज़ हो गया है।"

खुद कम्पनी चलाने की सोचने लगा—साहस किया—पैसा खर्च किया पर...!

अपयश मिलते ही पुरुष राक्षस बन जाता है। नन्दन का भयंकर चेहरा, अजीब पागलों जैसा बर्ताव। सारी बातें माधुरी को याद आने लगीं। एकदम घबराकर माधुरी कमरे में आई। दरवाजा लगा कर दरवाजे से सिर टिकराकर बैठ गई। नन्दन ने उसे पीटा था। कारण? माधुरी ने कहा था—नाटकों का धन्धा छोड़िए, कहीं नौकरी देख लीजिए...और तब खलनायक का काम करने वाले नन्दन ने पाँचों उंगलियाँ माधुरी के गाल पर जमा दी थीं।

...रात बढ़ी जा रही थी। बेबी बुखार से बिलबिला रही थी। स्कूल से ही रोती-रोती आई थी। बीना आई कि उसे...पर वह तो आज स्टडी के लिए अस्पताल में ही रहने वाली थी। भैया पता नहीं कहाँ मरने गए थे। नन्दन...!

अब नन्दन की याद से माधुरी को टीस-सी होने लगी। साल भर हो गया, दोनों समय भोजन और सारा दिन बाहर। नन्दन! तुम्हारी औरत है, बच्चे हैं...मैं बेकार हूँ, माधुरी। बेकार की बातें बन्द करो। बातें क्यों बनाते हैं। कुछ भी कीजिए और राशन ले आइए—बच्चों के पास कपड़े तक नहीं हैं...!

माधुरी असहाय। नीचे बैठ गई। बेबी के शरीर पर हाथ रखा—बेबी के शरीर का ताप माधुरी की उंगलियों में समाने लगा।

ताप! सन्ताप! घर में लगने वाली आग!

नन्दन आठ-आठ दिनों तक बाहर मत रहिए। यह घर तुम्हारा है। कम-से-कम मेरी और बच्चों की ज़िम्मेदारी आपकी है। भाई-बहनों को भले ही निकाल देती हूँ। पर....पर आप मेरे पीछे माँ से मेरे खिलाफ क्यों बोलते हैं? भैया और आप एक हो गए—दोनों स्वतन्त्र, एकदम आज़ाद। ममी, स्कूल की फीस...ममी...मुझे फ्रॉक। इधर बीना चिल्ला रही है। बिजली वाले आ गए। बिजली वाले आ गए और माँ चल दी मन्दिर में कथा सुनने।

आखिर सबका जवाब जीजी ही क्यों दे? पैसे लाना? अब कहां से लाएगी वह? पहले की बात अलग थी। उस समय की माधुरी कुछ और थी। जवान थी। उसके गले में मंगल-सूत्र न था—बच्चे न थे।

बेबी के शरीर से हाथ हटाकर माधुरी उठ खड़ी हुई। खुले दरवाजे से कोई

आ न जाए। आँखें बन्द कर पड़ी रहे, तो आंखों के सामने न जाने कितने विचारों की भीड़ लग जाए। और उसमें भी धका-पेल करने वाला महारोगी...नहीं....नहीं!

नन्दन और भैया उस आदमी को साथ लेकर आ गए। बाबा के साथ माधुरी ने चाय बनाकर भेज दी। बाबा आकर बोला, "तुम्हें ही बुला रहे हैं।" वह बाहर आ गई। मेहमान और कोई नहीं, थियेटर का मालिक चौधरी। माधुरी के मन में कांटा-सा गड़ने लगा। वह आदमी यहां क्यों आया? भैया और नन्दन इसे यहाँ क्यों कर लाए।

और परसों ही तो माँ ने कहा था कि चौधरी से पैसे ले आ। राशन खत्म हो गया है। माँ परेशान थी। पैसे की कीमत जानने वाली माँ। सुख के मोह में पागल माँ। अपनी लड़की पाप कर पैसा ला रही है। इस ओर दुर्लक्ष्य करने वालो माँ...पर अब...!

माँ, मैं भी तो माँ बन गई हूँ।

सिर में हथौड़ा-सा पड़ रहा है, एक अजीब उदासी है। वह उठी और फिर बरामदे में आ खड़ी हुई।

बीना के पास सौंदर्य होता तो?

बेशर्म! परसों एक लड़की की शर्म, लज्जा बचाई उसने, दवाई खिलाकर। उससे दो-तीन सौ रुपए खींच लिए होंगे। कहाँ उड़ा गई पैसे? माधुरी के पैसों पर बीना डाक्टर बनेगी और एक दिन अलग हो जाएगी। शादी कर लेगी और फिर? फिर माधुरी एकाकी। एकाकी! पर पैसे भी बुरे नहीं। एक आफत तो कम होगी...पर इतना होने पर भी उन्हें जीजी की ज़रूरत है ही। जीजी का पैसा, त्याग, उन्हें चाहिए ही। पाप के पैसे पर बढ़ने वाले जीव...!

माधुरी की नस-नस में आग लग गई। सामने के लॉज में रेडियो लगा। कहीं से प्याज-लहसुन की सुगन्ध आई। सब असह्य हो उठा। वह धरती पर लेट गई। उसे लगा कि वह भाग जाए इस घर से। सब जैसे उसे कुएँ में धकेल रहे हैं। बिना बलिदान के अब घर नहीं चल सकता।

यह कैसी उल्टी जोहार...!

उसे याद आए वे दिन। शादी होने पर नन्दन घर रहने आया, तब सबको लगा—यह कहाँ से आ गया। माँ को छल लेगा, भैया से झगड़ेगा, बीना को फंसा लेगा। और अन्त में माधुरी को लेकर भाग जाएगा। यदि ऐसा होता तो? फिर सब सुखी रहते। भैया नौकरी करते (जेल भी चले जाते)। बीना शादी कर सुख से रहती। केशव को लेकर माँ वापस गाँव चल जाती...!

माँ, मैं जब कुछ बुरा काम करने लगी, तब तूने क्यों न रोका मुझे—सब को लेकर वापस गाँव जाने लगी—फिर क्यों ठहर गई तू? हम लोग यदि वापस गाँव लौट जाते, तो ऐसी विडम्बना क्योंकर होती। भाग्य की बात...!

आठ-दस दिन पहले सोची बातें माधुरी के सामने प्रत्यक्ष हो उठीं। आज वे बातें पटने लगीं। माँ, बीना, भैया सभी निर्णय कर चुके, कदाचित् चिढ़कर, हार कर। पेट पालने के लिए माधुरी को...!

तभी तो भैया उस नाटक की खबर ले आए। तभी तो नन्दन बोले नहीं। तभी तो वे बिना बोले चले गए। चले गए।

नन्दन क्या कर बैठे तुम? स्टूडियो की नायिका के पति पर हम लोग हँसते थे। फाइनेंसर के साथ वह जाती और पति महोदय पकौड़ी खाते, मैगज़ीन पढ़ते बैठे रहते कैण्टीन में। और आज...आज...! आप भी कितने स्वाभिमानी हैं। खुद की महत्त्वाकांक्षा के लिए नाटकों के कितने बड़े चांसेज़ छोड़ बैठे। मुझसे प्रेम कर बैठे और आज मकान मालिक ने नोटिस दे दी, दर्जी ने रास्ते में पकड़ लिया, तो इतने घबरा उठे।

पैसे नहीं ला सकते, तो ज़हर ही ले आओ। कांच तोड़ कर खा लें दोनों...!

माधुरी दर्पण में देखने लगी। आत्महत्या करने वाले लोग कुछ अलग ही होते हैं। शादी के पहले वे उसे अन्य लोगों के साथ देख चुके थे। सारा मन का द्वन्द्व है। इसे वह जानता था। नाटकों का प्रस्तुतीकरण अलग रीति से करने वाला कलाकार स्त्री के कमाए पैसे पर रहने वाला। चाहे पैसे पाप से ही क्यों न कमाए जाएँ और बेचारी माँ, गुण्डा भाई, आज़ादी चाहने वाली बीना...!

माधुरी को लगा कि कमरे के दिए जला दे। सारा कमरा प्रकाश से जगमगा उठा। और फिर भी कहीं से दिए चले ही आ रहे थे। दर्पण में उसका चेहरा दिखा रहे थे। ऊँचे-ऊँचे दर्पण—पुरुषों के लिए। दिए लग गए। सुगन्ध के फव्वारे उड़ने लगे। लिपस्टिक, रूज...। माधुरी ने आंचल छोड़ दिया। यही करना पड़ेगा? दस साल बाद। दस साल तक साथी रहकर? माँ बनकर भी लाचार, फिर से शृंगार? कैसे हो सकेगा? सब कहते हैं अभी फिगर अच्छी है—जवानी की रंगत अभी कम नहीं हुई। अभी चौधरी पागल बन सकता है। हरे-हरे नोट दे सकता है। वह हीरो तो पागल है—वह सरदार...!

क्षण भर में सौंदर्य में माधुरी उबल पड़ी। एकांत—नई जान-पहचान, पैसा, आभूषण...!

उसे लगा पहले की ज़िन्दगी फिर शुरू हो गई। केशव पढ़ने लगा, बीना

अस्पताल चलाने लगी, भैया की खिलोने की दूकान। और नन्दन का नाटक। और...और बेबी की शादी...! बाबा की पढ़ाई...!

नींद में बेबी चिल्ला पड़ी। माधुरी ने घबराकर आंचल संभाला–बेबी तो गहरी नींद में सो रही है। माधुरी का मन चिल्ला पड़ा था। वह बाथरूम हो आई। पानी पिया, सर पर पानी डाला। बिजली न होने पर भी स्विच से खेलने लगी। और फिर बरामदे में कुर्सी खींचकर बैठ वेश्या जैसी बाहर देखती रही।

कैसे सम्भव है? आखिर क्यूँ? आखिर मैं ही हूँ क्या मरने के लिए? मेरे पास सौंदर्य है इसलिए? शरीर का उभार है इसलिए? उस पर मैंने पैसा कमाया। तुम सबको संभाला, इसलिए तुम लोग बेफिक्र हो गए। तुम्हारा सुख, तुम्हारे स्वप्न...और उसके लिए मेरी बिक्री। उस समय मुझे कुछ न लगा अज्ञान, सौंदर्य और जवानी के उन्माद में। पर अब तो गृहस्थी में। बीना के बात मान लेने पर, घर बसा लेने पर, बच्चों को पालकर...!

कल बाबा क्या कहेगा? बाबा के लिए यह सब कुछ करना पड़ेगा? बाबा कहेगा। करो करो ऐसा ही करो–सिर के टुकड़े करने की नौबत आ गई। क्या करूँ? कहाँ जाऊँ? फिर से माडल बनने का काम मिले, इसलिए बीस जगह चक्कर काट आई। पर कोई भी नहीं देता। केवल शरीर चाहिए। यह कैसे हो सकता है?

माधुरी यह सब करे इसलिए शायद घर के लोग बाहर चले गए। केशव पार्क में पड़ा तारे गिन रहा है। बीना हास्पिटल में स्टडी कर रही है। माँ कथा सुनने मन्दिर गई है। नन्दन अपनी भावनाओं को कुचलता फिर रहा है। माधुरी गई कि सब वापस। उसकी स्मृति में आराम करेंगे। और सुबह सब उसके स्वागत के लिए तैयार।

भैया कल बनिये से सामान खरीद लाना। नये नाटक का मुहूर्त करना है...मैं नहीं जाऊँगी। मुझे क्यों डुबाते हो? मुझे घृणा होती है। डर लगता है। अब सहन नहीं कर सकती। दस साल का अनुभव। निष्ठा। नहीं-नहीं। क्यों मुझे मारने पर तुले हो?

पागल तो नहीं हो गई....आज आठ दिन से घर में चूल्हा नहीं जला। उधार कहीं मिल नहीं सकता। पड़ौसी, स्नेही सबसे कर्ज़ा लिया जा चुका है। फर्जी चेक तक दिए। घर की आलमारी भी बेच दी। कल सारा सामान बेचा जाएगा। नन्दन का नाटक...सब, सब कुछ ठीक हो जाएगा। वह बिकी कि बीना डाक्टर बन जाएगी। नन्दन का नाटक...सब, सब कुछ ठीक हो जाएगा। फिर घर चलने लगेगा।

पर माधुरी की जिद्द के पीछे सबको दुःख भोगना पड़ रहा है। उसमें बुरी

बात क्या है? पवित्रता की झूठी बातें। पहले जो कुछ किया, वही सब तो करना है। बीना के डॉक्टर होने तक—नन्दन का नाटक सफल होने तक...! नाटक क्या लिखते हैं, खाक! मेरी प्राब्लम पर लिखिए। मैं देती हूँ प्राब्लम, सब हँसते हैं। कोई सहारा नहीं देता। पहले भाई-बहनों के लिए करते हुए कुछ भी न लगा। अब बच्चे गर्दन हिलाने लगे फिर भी कुछ भी नहीं कर सकती। क्या करूँ? खुद की देह से घृणा होती है। ऐसा लगता है कि आंखें फूट जाएंगी।

क्या? क्या लगता है?

सिर दर्द से नींद नहीं आती। सारा सिर दर्द कर उठता है, यहाँ तक कि दिमाग भी दर्द कर उठता है। जैसे कोई कपड़े धोने की मुंगरी मार रहा हो। चारों तरफ खिड़कियाँ ही खिड़कियाँ। प्रकाश और खिड़कियाँ, और खिड़कियों में औरतें...।

और क्या-क्या लगता है?

हाँ, कभी-कभी बैठे ही बैठे लगता है एक अजगर धीरे-से आता है और जैसे सारे शरीर को निगल जाएगा। मन में अनेक विचार घूमने लगते हैं, तो लगता है, जैसे मन तेजी से घूमने वाला रेलगाड़ी का डिब्बा है। विचार यानी यात्री वात्सल्य, त्याग, सतीत्व, और इस भीड़ में एकदम एक महारोगी लटपटाता गिरता उठता चलने लगता है। सड़े हाथों से, सभी भावनाएँ छू जाता है। हाय माँ...!

❑

गठरी

व्यंकटेश माडगूलकर

बीमार कौए जैसा बलीराम जुलाहा भैरवजी के मन्दिर की सीढ़ियों पर बैठा रहता है। उसके घुटने खड़े रहते हैं। हाथ के पंजों में बाकी शरीर इन घुटनों से बंधा रहता है। धूल से सने बाल, दाढ़ी और मूंछ बढ़ी हुई, आँखों में अनस्तित्व का भाव, शरीर पर मैली-सी फटी हुई कमीज़, नीचे धोती। इस वेश में ठिगना-सा बलीराम पिछले बीस साल से अपना सब कुछ खोकर बैठे रहता है। यही उसके बैठने की जगह है। दूसरी ओर कहीं आता नहीं, जाता नहीं। सुबह पौ फटते ही जो लोग तालाब की ओर जाने-आने लगते हैं, उनको बलीराम दिखाई देता है। शाम को म्युनिसिपैलिटी की लालटेन लगाने के लिए दाढ़ीवाला करीमबख्श काँख में नसैनी दबाए जुलाहा गली में आता है, उसे भी बलीराम दिखाई देता है। पहरे के सिपाही रात को ग्यारह के करीब गश्त लगाते हैं, उस समय तक बलीराम वहीं बैठा रहता है। धूप, पानी, ठण्ड, कुछ भी क्यों न हो, बलीराम वहीं बैठा रहता है।

दिन में कभी-कभी घुटनों पर रखे उसके पंजे खुलते हैं। दायाँ हाथ माथे पर जाता है, उंगलियाँ माथा खुजाती हैं। कभी-कभी बायां हाथ माथे पर थपकियाँ लगाने लगता है। कभी धुन सवार होने पर सीढ़ियाँ छोड़कर बलीराम सामने की ओर चलने लगता है। चलते समय दोनों हाथ सीने से चिपटे रहते हैं, दसों उंगलियाँ अन्धी बनी हुई आपस में एक-दूसरी को टटोलती रहती हैं। आठ-दस कदम तेज पड़ते हैं, फिर चाल धीमी हो जाती है। कदम दिशाहीन हो जाते हैं। कभी चाल-धीमी, कभी तेज़—जैसे कोई पीछा कर रहा हो।

आजकल बलीराम के पास सिवा शरीर के कपड़ों के और कोई जायदाद नहीं है। वैसे देखा जाए तो छोटी-सी गठरी पास लिए बैठा रहता है। फटी-सी साड़ी की एक गठरी है। उसमें क्या है, यह कोई नहीं जानता। धूप और पानी में रखे-रखे गठरी आकारहीन हो चुकी है। जीर्ण काली-सी गठरी, सड़ी-सड़ी-सी।

बलीराम उसे हमेशा संभाले रहता है। इस गठरी को कोई हाथ नहीं लगाता। किसी की खोलकर देखने की इच्छा न होती तो, ऐसी बात नहीं है, पर इस उद्देश्य से पास जाने पर, जैसे कुतिया पिल्लों को हाथ लगाने पर गुर्राती है, वैसे ही बलीराम भी गुर्राता है। जैसे वह फाड़कर खा जाएगा। अपनी जगह से उठकर चलने पर बलीराम गठरी कन्धे पर रख लेता है। बैठने पर घुटनों से दबाये रहता है। कभी-कभी गठरी पास में दिखाई नहीं देती। पता नहीं, वह कहाँ छिपा आता है।

जहाँ बलीराम बैठता है, चबूतरा साधारणतः उपयोग का नहीं है। किनारे वाली पीछे की जगह है। इस जगह से सीधे चलने पर जुलाहा गली इस सड़क से मिलती है। धूल से भरी जुलाहा गली के दोनों ओर लकड़ी के छप्पर वाले चालीस-पचास घर है। कुछ आबाद हैं, कुछ बेकार और उजाड़ पड़े हैं। कुछ घरों में एकाध नीम का, एकाध सहजन का पेड़ खड़ा है। कुछ घरों में बुनाई का काम चलता है। सटाक-पटाक खट्ट-पट्ट आवाज़ लगातार आती रहती है। दिनभर झुककर बैठे रहने के कारण बहुत-से जुलाहों की पीठ झुक गई है। गली में क्षयरोग अधिक फैला हुआ है। खाँसने की आवाज़ आती रहती है। धूल और नाली की गन्ध गली में भरी रहती है। इसी गली में बलीराम का घर है—एक दालान और एक कोठरी मात्र। बहुत समय से आबाद न होने के कारण यह घर गुहरे जैसा बन गया है। आस-पास के जुलाहे बीच में ही बुनना छोड़कर बाहर आते हैं और इसका उपयोग नाली जैसा करते हैं। बलीराम पास से गुज़रने पर भी घर की ओर नहीं देखता।

जब कभी बलीराम गली की सड़क पर दिखाई देता है, तब कुछ जुलाहे पीछे से पूछते हैं—"कहो, बलीराम किधर?"

बलीराम खड़ा रहता है। बोलता कुछ नहीं।

"खाना खाया?"

बलीराम गरदन हिलाकर 'ना' कर देता है।

"चलो खाओ?"

कोई ले जाकर खाना खिला देता है। उसके वापस जाने तक घर के लोग अजीब तरह का व्यवहार करते हैं। कानाफूसी करते हैं। शर्ट से मुंह पोंछकर बलीराम फिर से सीढ़ियों पर बैठता है।

जहाँ बलीराम बैठता है, उसके ठीक सामने जुलाहा गली है और उसकी गरदन दायीं ओर को झुकी रहती है। और जुलाहा गली के मोड़ पर सड़क के एक किनारे पर मन्दिर है। दूसरी ओर चार-छः मकान हैं। सेठानी की दुकान है। एक दुबली-सी बिल्ली गले में चूड़ी पहनकर दुकान पर घूमती रहती है। बनियाइन

अकेली रहती है। बिल्ली ही उसका सब कुछ है। बिल्ली कभी-कभी दुकान से रास्ते पर छलांग मारती है, तो और पूँछ ऊपर कर बलीराम के रास्ते को पार करने लगती है। दुबली-पतली सूखे शरीर की बनियाइन उसके पीछे भागकर आती है और बीच में ही उसे उठा ले जाती है।

बनियाइन की दुकान छोड़कर कुछ आगे जाने पर मन्दिर के किनारे का कोना आ जाता है। यहाँ सड़क फिर से गाँव जाने के लिए खुलती है। यहाँ पर सेली का बाड़ा है। सीढ़ियों पर बैठे बलीराम ने दायीं ओर गरदन की कि सामने दरवाज़ा दिखाई देता है।

पीले-नीले रंग से रंगा दरवाजा अधिक समय तक बन्द ही रहता है। दिनभर में दो-चार बार खुलता है। बिल्कुल सुबह खुलता है, तब झेल्या बाहर आकर थोड़ी-सी जगह पर पानी छिड़कता है। थोड़ी देर बाद पीतल की गागर कंधे पर लेकर तालाब की ओर जाता है। बनियाइन की बिल्ली रास्ता काट जाएगी, इस डर से वह मन्दिर की दीवार से सटकर बिच्छूनुमा चलता है। झेल्या ऊँचा-पूरा है। वह सैली के घर का काम-काज करता है। वह नौकर नहीं है, वैसे कोई रिश्ता भी नहीं है। उम्र में बड़ा न होने पर भी वह बूढ़ा-सा दिखाई देता है। तालाब की ओर जाते समय उसे हमेशा बलीराम के सामने जाना पड़ता है।

तालाब पर जाने पर कभी-कभी झेल्या को उसकी औरत देखती है। यह औरत गाँव में मजूरी करके पेट पालती है और जुलाहा गली में ही रहती है। औरत दिखाई देने पर झेल्या दूसरी ओर मुँह फेर लेता है। औरत उंगलियाँ मरोड़ती है, बड़बड़ाती है—"इस भड़वे ने मेरी ज़िन्दगी बरबाद कर दी!"

झेल्या को उसकी बकबक सुनाई देती है, पर कभी भी वह कुछ बोलता नहीं।

साल में एक बार दशहरा आने पर सुबह तालाब की ओर जाते समय झेल्या बलीराम के पास रुकता है। इधर-उधर कोई देख तो नहीं रहा है, यह देखकर धीमी आवाज़ में कहता है—"आज दोपहर कहीं जाना मत, बाई ने खाने के लिए बुलाया है।"

बलीराम मन्दिर के चबूतरे पर जाकर चार बाल्टियां भरकर पानी अपने ऊपर उंड़ेल लेता है। गीले बदन से सीढ़ियों पर बैठ जाता है। गीली धोती शरीर पर ही सूखती रहती है। दोपहर के बारह-एक बजे झेल्या नए कपड़े लेकर आता है। सीढ़ियों पर ही खड़े-खड़े बलीराम धोती पहनता है, नया अंगरखा पहनता है, नये साफ से सिर लपेटता है। नया कपड़ा सीढ़ियों पर बिछाकर झेल्या वह पुरानी गठरी

उस पर रखता है और चारों ओर से गांठें लगाकर नया बना देता है। 'आया' कहकर बलीराम के निकाले हुए कपड़े इकट्ठा करता है। तालाब पर जाकर वे कपड़े पानी में छोड़ देता है। और हाथ-मुँह धोकर वापस आता है। तब वह बलीराम को लेकर बाड़े में आता है।

दालान में ही पत्तल परोसी जाती है। खीर, पूरी, चावल, दाल, उमदा खाना। झेल्या ही पत्तल परोसकर ले आता है और दालान में रख देता है। बैठने के लिए पट्टा होता है।

बलीराम खाना खाता रहता है, तब सैली पांच मिनट के लिए बाहर आकर बैठती है। उसकी तबीयत बिगड़ती जा रही है। गोरी सैली अब सफेद दिखने लगी है। ज़री के किनारे वाली पीली साड़ी उसके शरीर पर होती है। ज़री के किनारे वाला ब्लाउज वह पहने होती है। सिर पर आँचल रहता है। कमर की करधनी दायीं ओर साड़ी के बाहर निकली हुई। पाँव में भारी बिछुए। गले में भी एकाध गहना। संवारे हुए बालों में केवड़े का पत्तर या गुलाब का फूल लगा रहता है। हिना की सुगन्ध चारों ओर फैली रहती है।

पाँच मिनट बाहर बैठकर बलीराम को खाना खाते हुए देखती है और फिर आख़िरी कौर के साथ ही उठकर, दृष्टि तोड़कर अन्दर चल देती है।

उस दिन सैली दिनभर चुपचुप, खामोश-सी रहती है। बेकार में ही एक जगह लगातार देखती रहती है। खाने-पीने की वासना हट जाती है। रात को बिस्तर पर काफी रात गए तक जागती रहती है। झेल्या पांव रगड़ता है, स्नेह से पूछता है—"क्या हुआ, मालकिन?"

तृण हटाने के समान सैली कहती है—"चुप रहो...कुछ मत पूछो।"

बम्बई के सेठ से उत्पन्न सैली की इकलौती बेटी अब बड़ी हो गई है। स्कूल में जाती है। नाच भी सीखती है। खाना खाने के लिए बलीराम के आने पर गरदन मटकाकर माँ से पूछती है—"माँ, इस पगले को आज क्यों खाना खिलाती हो?"

सैली का चेहरा मुरझा जाता है। दबी आवाज़ में वह कहती है—"अरे, कोई भी इसे नहीं खिलाता, इसलिए।"

झेल्या बच्ची को एकान्त में धमकाता है—"ऐसे न पूछा करो। फिर से पूछोगी, तो मार पड़ेगी।" शरीर पर नये कपड़े और कोरे कपड़े में बंधे रहने से नई दिखने वाली गठरी को लेकर बलीराम सदा के समान फिर से सीढ़ियों पर आ बैठता है।

सैली सूखती जा रही है। वह दवा-दारू नहीं करवाती। डाक्टरों ने कहा

है कि सारे दांत निकालने पड़ेंगे। फिर तबीयत ठीक हो जाएगी। दांत निकलवाने से इंकार कर सैली घर आ गई और झेल्या से बोली–''इससे तो मैं मर जाऊँ, यही बेहतर होगा!''

पिछले साल का दशहरा वैसा ही चला गया। बलीराम को बुलाने कोई नहीं आया। बाड़े में त्योहार मनाया ही न गया। शाम के समय बाड़े में हलचल मालूम हुई। आधी रात के समय रोने-चिल्लाने की आवाज़ आई।

दो दिनों के बाद झेल्या बलीराम के पास दोपहर के वक्त आया, पास में बैठ गया और बोला–''सुना तुमने, मालकिन चली गई?''

घण्टे दो घण्टे दोनों करीब बैठे रहे। फिर बलीराम उठ खड़ा हुआ। गठरी कन्धे पर रखकर चलने लगा। ''कहाँ चल दिए?''–कहकर झेल्या पीछे हो लिया।

तालाब के किनारे-किनारे दोनों आगे-पीछे चल रहे थे। एक ओर पड़े सूअर चिल्लाए।

झाड़ियों के बीच की पगडण्डी की दूर तक जाने के बाद बलीराम ने अपनी गठरी झेल्या को देते हुए कहा–''इसे संभालो।''

''तुम कहां चल दिए?''

आकाश की ओर देखकर बलीराम बोला–''औरत के पास!''

''पगले, वह क्या, तुम्हारी राह देख रही होगी इतने साल? जानते भी हो, वह किस गाँव में है?''

बलीराम ने 'हाँ' कहा और झेल्या की ओर से पीठ फेरकर आगे की ओर चलने लगा।

झेल्या चुपचाप वापस मुड़ा। ऊपर-नीचे देखते हुए तालाब तक आया। तालाब के किनारे गठरी लेकर वह खड़ा रहा।

हरे-नीले तालाब पर धूप पड़ रही थी। नीम के पत्ते इधर-उधर पानी में तैर रहे थे। मेंढक आँखें फाड़-फाड़कर देख रहे थे। झेल्या सोचने लगा कि गठरी तालाब में छोड़ देनी चाहिए। फिर इधर-उधर निगाह कर किनारे पर बैठ गया और गठरी की गाँठ खोल दी। गाँठों पर गांठें खुलती गईं। टटोल कर देखा और कुछ नहीं था, पुराने सड़े-हुए चिथड़े, मात्र चिथड़े थे।

❑

बाढ़ी नदिया

रणजीत देसाई

किसना हड़बड़कर उठ बैठा। दरवाजे पर कान लगाए, कुछ सोचने लगा। इसी बीच दरवाजे पर फिर से दस्तक हुई और बाहर से आवाज़ आई–

"किसना ऽऽओ, किसना!"

"कोन है रे?"

"मैं हूँ, सहना, दरवाजा खोल!"

"आया," कहते हुए किसना खड़ा हो गया। मिट्टी की ढिबरी जलाई और दरवाज़ा खोल दिया। दरवाज़े के खुलते ही बाहर की ठण्डी हवा का झोंका अन्दर घुस आया। ढिबरी की बत्ती कांप उठी। सहना के आते ही किसना ने दरवाज़ा उढ़का दिया और उससे पत्थर टेक दिया।

"इत्ती रात कैसे आया सहना?"

"तुझे बुलाने।"

"क्यों?"

"डोंगी ले चलना है किसना।"

"डोंगी और इस टेम। पागल हो गया क्या?"

"इस वक्त ना न कर किसना।"

"पागल कहीं का। देखता नहीं नदिया कितनी चढ़ती पर है। उस किनारे की गुमटी तक पानी भर गया है। परसों रामबाबू के लिए डोंगी ले गया था। कैसे किनारे लगा, भगवान जाने। पानी और भी चढ़ गया है सहना। मैं नहीं चलूँगा। दी उतरने पर देखेंगे।"

"इतनी सी बात होती तो इत्ती रात क्यों आता तेरे पास। एक इंसान की ज़िन्दगी का सवाल है किसना!"

"कौन मरने बैठा है?"

"तेरी दुलारी का आदमी–सट्टा। उसे यहाँ लाई है। उसी ने तेरे पास भेजा है। पौ फटने के पहले उस पार के अस्पताल न पहुँचे, तो न बच सकेगा।"

"मुझे न सुनाओ बातें," किसना झल्लाया, "जब मेरे यहाँ से गई तो तभी मर गई थी मेरे लिए। उसके सट्टा के मरने से मुझे क्या मतलब! जाओ लौट जाओ तुम!"

"किसना निराश न लौटा," सहना बोला, "उसका आदमी मछली-सा छटपटा रहा है।"

"इसलिए मैं जान से हाथ धो बैठूँ, पागल हुए हो क्या, सहना?"

"तेरी मर्ज़ी। मैं लौट जाता हूँ," कहते हुए सहना उठ खड़ा हुआ। उसके बाहर जाते ही किसना उठा, अन्दर जाकर अंगीठी जलाई और तापने लगा। दुलारी की याद से वह बेचैन हो उठा था। अंगीठी के पीछे रखी बोतल निकाली। कटोरी में डालकर वह ताड़ी पीने लगा।

कुछ समय बीता होगा और एकाएक दरवाज़ा फिर खटका। किसना ने बैठे-बैठे ही पूछा, "कौन है?"

"मैं हूँ," आवाज़ आई और साथ में चूड़ियों की खनखनाहट भी। किसना टकटकी लगाकर देखने लगा। अन्दर के दरवाज़े पर दुलारी खड़ी थी। ढिबरी के टिमटिमाते उजेले में भी किसना उसे देख रहा था।

"कैसे आई हो?"

"तुझे बुलाने।"

"सहना को बोल दिया मैंने," किसना एकदम बोल बैठा।

"वो मैं समझ गई, किसना! इस टेम इंकार न कर मुँह माँगा पैसा दूँगी।"

"बड़ी अमीर हो गई हो। दुलारी, दो साल मेरे हंया रहकर भी तू मुझे समझ न सकी।"

"भूल जाओ उस बात को, किसना! पिछली बातें क्यों निकालते हो! उसका जी तड़फड़ा रहा है, रास्ते से पेट में दर्द है।"

"मुझे काहे बताती हो! उसकी वजह से तेरा जी मचल रहा है और मेरे लिए? दो साल हो गए तुझे मेरा घर छोड़े, पैसे के पीछे भागी और मेरा घर उजाड़ दिया।"

"किसना," दुलारी चिल्लाई, "पैरों पड़ती हूँ। इस वक्त डोंगी ले चल।" दुलारी आँखें पोंछ रही थी।

"रो ना, दुलारी," किसना बोला, "उसके लिए मना नहीं करता। पानी चढ़ती पर है। डोंगी पानी में नहीं टिक सकती, दुलारी!"

"पर, किसना!"

"ना, दुलारी! चली जाओ, मुझसे न हो सकेगा।"

दुलारी वहीं खड़ी थी। किसना नीचे मुँह किए था। दुलारी ने आँखें पोंछी। उसके चेहरे पर अब दैन्य न था। नस-नस में गुस्सा समा रहा था। वह चिल्ला पड़ी।

"जाती हूँ। कोई डोंगी न ले चले तो मैं ले जाऊँगी डोंगी। जो कुछ भाग में बदा होगा, होकर रहेगा। मुंह का कौर खींच लेने वाली कौम है तेरी। दिल नहीं पत्थर है तेरा तू ऽ ऽ...तू ऽ ऽ..."

जो मन में आया दुलारी बोले जा रही थी। किसना को जैसे साँप सूँघ गया था। दुलारी बीच-बीच रो पड़ती थी। दुलारी की इस आदत को किसना जानता था। बोलते-बोलते दुलारी रुक गई। उसके रुकते ही किसना मुंह ऊपर कर बोला, "क्यों, रुक क्यों गई?"

किसना की बात से दुलारी फिर बिगड़ गई। उसके मुँह से आवाज न निकल पाई, वह एकदम पीछे मुड़ी। दरवाज़ा खोलने वाली ही थी कि किसना की आवाज़ आई।

"ठहरो!"

चाहना न होने पर भी दुलारी के पांव रुक गए। पीछे मुड़कर देखा, किसना उठ रहा था। दुलारी के पास आकर बोला, "दुलारी, तू हो आगे, मैं अभी आया।"

दुलारी खुशी से फूल उठी। बाहर निकली। दुलारी के जाते ही किसना ने रुई की बण्डी पहनी, कन्धे पर कम्बल डाला। ताड़ी की बोतल बण्डी की जेब में खोंसी, दरवाज़े के पीछे रखा डण्डा उठाया और ढिबरी की बत्ती को फूँक, घर से निकल पड़ा।

तीसरे पहर की रात। ज़ोर की बारिश। रास्ते के कीचड़ से चलते वह सामने दालान के करीब पहुँचा। बैलगाड़ी खड़ी थी। गाड़ी के पास जाकर किसना ने झांका। एक दरी पर आदमी पीड़ा से कराह रहा था। लालटेन के उजेले में आदमी का चेहरा साफ दिखाई दे रहा था। किसना ने आवाज़ दी, "दुलारी!"

दुलारी पीछे खड़ी थी। सहना भी लालटेन लिए खड़ा था। किसना ने गाड़ीवान को गाड़ी हाँकने को कहा। सहना को दुलारी के साथ आने को कह, वह डोंगी लाने चल दिया।

किसना के जाते ही सहना बोला, "दुलारी! मेरी बात मानो। पानी खूब चढ़ती पर है। पानी का तनाव भी खूब है। मुझे नहीं लगता कि डोंगी टिक सकेगी।"

दुलारी बोली, "अब जो कुछ बदा होगा, होकर रहेगा। डॉक्टर कहता है, सुबह तक अस्पताल न पहुँचे तो न बच सकेंगे।"

"तुम जानो, सलाह देना मेरा काम था। किसना पिए हुए है। उसका रंग-ढंग नहीं दीखता। तू जानती ही है उसे।"

किनारे-किनारे चलकर, गाड़ी रुकी। सब आंखें फाड़ किसना की ओर देख रहे थे। थोड़ी देर में ही किसना डोंगी लिए दिखाई दिया। डोंगी आते ही किसना ने डोरी सहना की ओर बढ़ाई और खींचने को कहा। कीचड़ से निकल किसना गाड़ी के पास आया। हवा ज़ोरों पर थी। नदी के चढ़ते पानी में हवा की सनसनाहट से भीषणता बढ़ रही थी। दूर, उस पार की गुमटी का दिया टिमटिमा रहा था। चारों और फैली नदी का पानी डरावना-सा लग रहा था। किसना दुलारी से बोला, "दुलारी, चलो, अब देर करना ठीक नहीं। रात से मेह बरस रहा है, कब पानी चढ़ने लगे, कोई भरोसा नहीं।"

सहना और गाड़ीवान ने मिलकर आदमी को गाड़ी से संभालकर निकाला। किसना डोंगी पकड़े खड़ा था। डोंगी के बीच की तख्ती पर बिछाकर उन दोनों ने दुलारी के आदमी को लिटा दिया। पेट के दर्द से वह बर्रा रहा था। उसके शरीर पर दुलारी ने कम्बल उढ़ाया और वह किसना की ओर देखने लगी। किसना ने उसे डोंगी पर आने को कहा। दुलारी अपने आदमी के सिरहाने बैठ गई। बारिश से बचने के लिए छाता खोल उसके सिर पर लेकर बैठ गई। पास के बाँस पर लालटेन टंगी थी। तैयारी होने पर किसना ने कम्बल सिर पर डाला और सहना से बोला, "चले आओ।"

"कौन मैं?" सहना चिल्लाया, जैसे किसी ने सुई चुभो दी हो।

किसना कुछ न बोला। सहना का घबराया चेहरा उसे दिखलाई दे रहा था। वह मुँह ही मुँह से मुस्कराया। डोंगी पानी के तनाव से खिंची जाती थी। किसना ने भगवान का नाम लिया और डोंगी पानी में छोड़, एकदम चढ़ गया। चढ़ते पानी के तनाव में डोंगी बहने लगी।

चारों तरफ़ अंधेरा, पानी के बहने की आवाज़ डरावनी थी। बारिश रुकने का नाम न लेती थी। डोंगी की डगमगाहट से दुलारी का आदमी घबरा रहा था। दुलारी आशा भरी दृष्टि से उसकी ओर देख रही थी। छाते के इधर-उधर होने से पानी की बूँदें चेहरे पर पड़ जाती थीं और वह अपनी धोती के किनारे से उसे सोखती जाती थी। उसी में दुलारी के आदमी को ज़ोर से डसका आया। किसना कभी दुलारी को देखता, कभी उसके आदमी को। उससे न रहा गया। जेब की बोतल दुलारी की ओर बढ़ाकर बोला, "पिला दे उसे, आराम मिलेगा।"

दुलारी ने बोतल ले ली। ताड़ी उसके मुंह में डाली। मुँह पर गिरी ताड़ी

को अपनी धोती के किनारे से पोंछने लगी। किसना बेचैन हुए जा रहा था, दुलारी की चिन्ता देख मन में कांटा-सा गड़ रहा था।

डोंगी मझधार में थी। डगमगाहट बढ़ रही थी। किसना डोंगी की चढ़ती-उतरती दशा देखने लगा। तौल संभाले न संभल रहा था। मझधार से दूर होते ही किसना का चेहरा खिल उठा।

वह दुलारी से बोला, ''बस अब आफ़त टली, अब बेफिक्री हुई। अब कोई डर नहीं।''

यह सुनकर दुलारी हँस दी और कुछ बोली, पर हवा के झोंकों में किसना के पल्ले कुछ भी न पड़ा।

दूर किनारे की गुमटी का टिमटिमाता प्रकाश अधिक साफ़ दिखाई देने लगा था। डोंगी तिरछी चली जा रही थी। किसना डोंगी संभालने की कोशिश जी तोड़कर कर रहा था। सिर का कम्बल दूर कर वह तौल संभाल रहा था। किनारा आते ही किसना चिल्लाया, ''मज़बूती से पकड़े रहो।''

दुलारी ने छाता बन्द किया। पति का सिर पकड़ वह औंधी जा गिरी। डोंगी आगे बढ़ी जाती थी। देखते-देखते डोंगी ज़ोर से धक्के के साथ रेत में घुस गई। किसना की बन्द आँखें खुलीं। दुलारी ने अपना पसीना पोंछा। लालटेन कब की बुझ चुकी थी। लालटेन जलाकर किसना ने दुलारी से कहा, ''तुम उतर जाओ पहले।''

दुलारी ने पानी से निकलने के लिए धोती घुटनों तक कर ली। बांस के सहारे से नीचे उतर आई। आधे से ज़्यादा घुटने भीग चुके थे। उसके हाथ में लालटेन देते वक्त किसना की आँखें उसके घुटने पर टिक गईं। डोंगी की डोर दे वह बोला, ''चलो उस ओर संभलकर, नहीं गिरोगी पानी में। मैं लाता हूँ, तुम्हारे आदमी को।'' दुलारी वहीं खड़ी थी। किसना ने दरी के नीचे से उसके गले के नीचे हाथ डाला, वैसे ही दूसरा हाथ उसके घुटने पर रखा और उसे उठा लिया। दुलारी आगे चलने लगी। पीछे-पीछे किसना चल रहा था। हाथों के नीचे पानी बह रहा था। दुलारी का सुख-दुःख इस समय किसना के हाथों था। उसे वह संभाले था।

किनारे पर गुमटी थी। दुलारी के अन्दर जाते ही, चार-पाँच लोग जो सिगड़ी से ताप रहे थे, दुलारी की ओर देखने लगे। किसना ने हाथ का वज़न नीचे रखा। आदमी मारे दर्द के बर्रा रहा था।

किसना ने अपना भीगा कुरता निकाला और सिगड़ी के पास जा बैठा।

लोगों ने उसे जगह दी। दुलारी किसना से बोली, "किसना, मैं गाड़ी देख आती हूँ, तू इन पर नज़र रखना।" इतना कह वह बाहर निकल आई।

गुमटी वाले ने किसना से पूछा, "चा दूँ?"

"चा?" किसना चिल्लाया, "ठण्ड से मरा जा रहा हूं और तुम कहते हो चा दूँ, बोतल दो ना।"

"पर किसना!"

"मैं कह रहा हूँ ना!"

बोतल मिलते ही, किसना ने थोड़ी कप में डाली और गले के नीचे उतार दी। जी के कुछ ठीक होने पर वह बोला, "वह बर्रा रहा है, उसे पिलाओ चा।"

काफ़ी समय बाद दुलारी की आवाज़ सुनाई दी। उसके आते ही किसना ने पूछा, "गाड़ी मिली?"

"मिल गई।" किसना उठकर दुलारी के पास पहुंचा। दुलारी का चेहरा थका-सा था। किसना के पास आते ही दुलारी ने हाथ का कंगन निकाला और किसना की ओर बढ़ा दिया। किसना के चेहरे पर आश्चर्य और सन्ताप एक साथ उभर आए।

अपने को संभालते हुए उसने कहा, "बड़ी अमीर हो गई हो। रखो अपने ही पास, वक्त ज़रूरत तुम्हें ही काम आएगा।"

दुलारी बहुत कुछ कहना चाहती थी, पर उसके होंठ जैसे खुलते ही न थे। कृतज्ञता से उसने एकबारगी किसना की ओर देखा और आदमी के पीछे-पीछे गाड़ी पर चढ़ गई।

गाड़ी चलने लगी। सुबह के धूमिल प्रकाश में गाड़ी बढ़ी जा रही थी। देखते-देखते गाड़ी आँखों से ओझल हो गई। किसना बरसते पानी में गाड़ी की दिशा में आँखें लगाए रहा।

गुमटी में आते ही किसना बोतल पीने लगा। किसना सबसे कह रहा था, "बड़ी पैसे वाली बनी फिरती है, पैसे का नशा तो जैसे उसकी आँखों पर छा गया है।"

किसना बके जा रहा था। बोतल खत्म होने पर किसना ने चार रुपये जेब से निकाले और गुमटी वाले को दे दिए। उसने एक रुपया वापस किया। मना करते हुए किसना बोला," रखो उसे, मैं भी कम अमीर नही हूँ। जाओ तुम्हें इनाम दिया।"

किसना उठ बैठा।

गुमटी वाले ने पूछा, "किसना अब किधर जा रहे हो?"

"घर और किधर!"

छूटते ही एक आदमी बोला, "अरे किसना, हम तीन हैं, हमें भी साथ ले चल।"

"तुम लोगों का दिमाग खराब हो गया। पानी देखा ज़रा। यहां तक कैसे आया, मैं ही जानता हूँ। नहीं, मैं किसी को भी साथ न ले चलूँगा। जो होना होगा सो होगा।"

गुमटीवाला बोला, "किसना, पानी ठहर जाए तब जाना।"

किसना झल्ला पड़ा, "मुझसे कहते हो, आते वक्त थे क्या रास्ता दिखाने को! लुच्चे कहीं के।"

सबको गालियाँ देते हुए बाहर निकल आया। गुमटीवाला उसे रोकने आगे बढ़ा, पर दूसरे ने उसका हाथ पकड़कर रोक दिया, बोला, "मरने दो साले को। तुम क्यों पचड़े में पड़ते हो।"

किसना पानी में चल दिया। वह बड़बड़ा रहा था, "नीच कहीं की। सब औरतें एक जैसी..."

सब लोग गुमटी से निकलकर जमा हो गए। सुबह का धुँधला उजेला चारों ओर फैला था। चारों ओर पानी ही पानी नज़र आता था। गुमटीवाला किसना को बुला रहा था। पर किसना जैसे कुछ सुनता ही नहीं। वह अपनी धुन में चला जा रहा था। काफी समय बाद उसने डोंगी पानी में छोड़ दी और जा बैठा तख्ते पर, हाथ-पांव हिलाते हुए।

आँखें लगाए सब लोग भयानक दृश्य देख रहे थे। एक कह रहा था, "वाह, क्या सीना ताने चला जा रहा है। इसे कहते हैं हिम्मत।"

इसी समय दूसरा चीख पड़ा, "अरे उधर देखो ज़रा!"

"क्या है?"

"डोंगी के ऊपर क्या दिखाई दे रहा है।"

सब लोग आंखें फाड़कर देखने लगे। नदी के पानी पर कुछ काली-सी चीज़ बहती आ रही थी। एक ने कहा, "बड़ा भारी पेड़ दिखाई देता है।"

थोड़ी देर बाद शंका न रही। सबने देखा वह पेड़ ही है। किसना की डोंगी बीच मझधार में एक धब्बे-सी दिखाई दे रही थी।

सब लोगों ने गला फाड़कर आवाज़ दी—

'किसना ऽऽ ऊपर देख क्या है, किसऽनाऽ!"

सब साँस दबाए देख रहे थे। देखते-देखते पेड़ और डोंगी एक हो गए। सबकी आँखें मुंद गईं। जब सबने फिर देखा, पेड़ बहता दिखाई दे रहा था। डोंगी कहीं नज़र न आती थी।

सुबह जब गाँव वाले किनारे-किनारे देख रहे थे तो किनारे पर डोंगी की हाथ तख्तियां लगीं, किसना न मिला। ❑

शो-रूम

विजया राजाध्यक्ष

अभी चार ही बजे थे, पर धूप ढलती जा रही थी। सड़क पर अजीब खामोशी थी। साफ रास्ता और उस पर धूप की चमक—तवे पर फीकी पीली मलाईनुमा। आने-जाने वाले लोग मानो उस मलाई पर सावधानी से पैर रखते अपना रास्ता तय कर रहे थे। रंजना का रोम-रोम खिल उठा था। वह उस ढलती धूप में नहा-सी रही थी। आसमान में बादल छिटके हुए थे। बादलों के छोटे-छोटे टुकड़े...मन में पैठनेवाले टुकड़े...

"विजय!"

"क्या है रंजना?"

"एं...कुछ नहीं..." रंजना की दृष्टि अभी भी बादलों की ओर थी।

"क्या हुआ रंजना? बोलते-बोलते रुक क्यों गईं?" विजय ने रंजना के पास आकर पूछा।

"कुछ भी तो नहीं। सच कुछ नहीं..."

फिर कुछ समय बाद वह बोली, "चलो, हम लोग कहीं घूम आएँ?"

"इस धूप में? पागल हो! रात में जब एकांत हो, फिर चलेंगे। शान से सैर करेंगे मोटर की।"

विजय ने सूट पहना और मोजे पहनते हुए आवाज़ लगाई, "बाय..." जब कोई उत्तर न आया तब झुंझलाहट से फिर आवाज़ दी, "बाय, हमारी चाय लाओ!"

"कहां चल दिए?" रंजना ने पूछा।

"अरे भई, माथुर साहब को चार बजे का "अपाइण्टमेण्ट' दिया है न?...पर यह बदमाश गया कहाँ? मुझे देर हो रही है..."

'शायद वह सो रहा है। मैं लाती हूँ चाय तुम्हारे लिए..."

"तुम क्यों लाती हो! शाम को 'फ्रेश' दिखाई दो बस।" उसके सुन्दर मुखड़े की ओर देखकर विजय बोला।

कुछ समय बाद चाय आई। तीन-चार घूँट पीकर उसने कहा, "आह! गुड टी। बाय, आज 'डैसर्ट' (भोजन के बाद किया जाने वाला फलाहार) कौन-सा बनाया है?"

"फ्रूट सलाद, साब!"

"आईसिंग ठीक से करना! समझे?"

"मैं बताऊँ क्या उसे?" रंजना ने विजय से पूछा।

"नहीं, नहीं! वह सब ठीक कर लेगा। अभी तक हम लोगों के यहाँ न जाने कितनी पार्टियाँ हो गईं और हर बार 'कुक' की तारीफ़ ही हुई।"

बाहर निकलते समय वह बोला, "और हां, हमारे ऑफिस के आदमी फूल वगैरह ले आए या नहीं?"

"हाँ..."

"बंसी से ठीक तरह से लगाने के लिए कह देना। अच्छा, बाई-बाई..."

कार स्टार्ट होने की आवाज़ जब आई तो वह खिड़की के पास गई। नीले एश कलर की डाज की ओर वह न जाने कितनी देर तक देखती रही। उसे लगा कि उन पहियों से जाकर पूछे कि रास्ते की मलाई पर रुकते समय तुम्हें कैसा लगता है?

पांच बजे थे। सात बजे से मेहमान आने लगेंगे। फिर कुछ समय तक गप्पें...आठ बजे खाना...चलो तैयारी करनी चाहिए। इस ख्याल से वह उत्साहपूर्वक ड्राइंगरूम में आ गई।

बंसी ने तरह-तरह के गुलदस्तों में फूल सजाए थे, और वह परदों को बदल रहा था।

"अरे, इन परदों को क्यों निकाल रहे हो? परसों ही तो लगाए थे," वह बोली।

"पर मेमसाब, ये फूलों से मैच न करते थे।" बंसी सजावट की खुशी जानता था—एश कलर और उस पर गुलाबी चौकोन। तख्त पर भी उसी रंग का कवर और उस पर तरह-तरह के रंग-बिरंगे तकिए। तख्त के सामने फीके पीले रंग का एक आरामदेह सोफा। उसके दोनों ओर दो कुरसियां, एक काले रंग की पट्टियों से बुनी हुई और दूसरी मटमैले रंग से। बीचोंबीच गहरे गुलाबी रंग, चिकना गलीचा, लम्बा गोल टेबल और उस पर विभिन्न पत्र-पत्रिकाएँ। बीच में फूलों से सजा चपटा-सा फूलदान। कोने में ऐसे स्टैंडर्ड लैंप पर सुहावना-सा चीनी शेड...कुछ दूरी पर एक छोटी-सी पुस्तकों की अलमारी पर सुन्दर मूर्तियाँ। हलकी नीली दीवारों

पर कुछ आकर्षण चित्र। सब कुछ सजा हुआ था। रंजना को कुछ भी नहीं करना था।

कमरे के दूसरे कोने में खाने की मेज थी। उसके पास ही कीमती चीनी काकरी से भरी हुई एक आकर्षण मेज थी। बाय ने कुछ तश्तरियां बाहर निकाली थीं। कुछ और सामान निकालने के इरादे से रंजना ने मेज का दरवाजा खोला। इतने में बाय वहाँ आ गया।

"मेमसाब, हम सब बाहर निकाल लेगा," उसने कहा। रंजना को वहां से हटना पड़ा। बाय ने कुछ छोटे गिलास बाहर निकाले।

"ये किसलिए निकालते हो?"

"जूस वास्ते मेमसाब!"

केवल साढ़े पाँच बजे थे और करना कुछ भी न था। रंजना ने दीवार पर लटके मनीप्लांट की दो-तीन पत्तियां बेकार नोच डालीं। बाय ने प्लेट की वेजीटेबिल सलाद के टुकड़े सजाकर रख दिए। कुछ काम न सूझते देख रंजना ने रेफ्रीजरेटर खोला। अंदर मौसंबी और टोमेटो-रस की बोतलें थीं, ताजे उबले हुए मटर और दही का कुछ पदार्थ था।

ठंडा पानी पीकर रंजना बड़े कमरे में आई। कुछ देर तक वह पलंग पर पड़ी रही। अजीब खामोशी, ज़रा भी गड़बड़ नहीं। उसने बंसी को आवाज़ दी।

"जी मेमसाब?"

"बीनू कहाँ है?"

'आया के साथ घूमने गए हैं, मेमसाब!"

"अच्छा!"

उसे लगा, बीनू होता तो उसके साथ कुछ देर खेल हो जाता। पर आजकल बीनू भी कोई ऊधम नहीं मचाता है। उसे विजय से पिटने का डर रहता है। चार-पाँच महीने पहले की बात है। रात में बीनू सोता न था, तख्त पर लाल रंग के तकिए के लिए मचलने लगा। विजय ने उसकी पिटाई की दी। एक बार और भी पीटा गया था बीनू। उस समय विजय के मित्र माथुर साहब आए थे। उन्होंने कहा था, "क्यों पीटते हो उसे? तुम भी तो बचपन में ऐसा करते थे!"

"हमारे घर की बात अलग थी। कितना ही कचरा हो, पता ही न चलता था। अरे, वह कोई घर था! बिना पुती दीवारें और खुले दरवाज़े थे। बाहर के कमरे में बैठते ही सारे घर का दृश्य दिखाई देता था और रसोई में लगते छौंक की खुशबू तक आ जाती थी..."

इस पर माथुर साहब चुप हो गए थे। तब से अपने बच्चों को लेकर आना उन्होंने बहुत कम कर दिया था।

बीनू की आवाज़ सुनकर वह उसके कमरे में गई। छोटे-से पलंग पर साफ-सुथरी चादर थी। कोने में लकड़ी के स्टैंड पर तरह-तरह के खिलौने सजे हुए थे। दूसरे कोने में एक कुरसी और डेस्क रखा था। बीनू के पास चित्रों वाली कई पुस्तकें थीं, पर उनमें से एक भी डेस्क पर दिखाई न देती थी।

''बीनू, कब आए?'' उसे गोद में लेकर रंजना ने पूछा।

''अभी आए हैं जी!'' आया ने उत्तर दिया। बीनू का ध्यान हाथ की चाकलेट पर था। आया ने उसे घुंघराले बाल संवारे थे और उसे प्रेस की हुई पैण्ट और बुश्शर्ट पहनाई थी।

रंजना सोचने लगी कि नेकर और बिखरे बालों में बीनू कितना अच्छा लगता है! पर मैंने ही तो उसके लिए इतने सारे कपड़े बनवाए थे!

''ममी!'' बीनू रंजना के पास आकर बोला।

''क्या बेटा?''

''आज हम लोगों के यहाँ पार्टी है न?''

''हाँ!''

''छोटे बच्चे भी आएँगे?''

''नहीं!''

बीनू को बुरा लगा। वह रंजना से अलग हट गया।

''आया उसे जल्दी से खाना खिलाकर सुला दो,'' रंजना ने कहा।

''उन्हें इतनी जल्दी नींद नहीं आती, और आजकल बीनू भैया खाना भी पूरी तरह से नहीं खाते मेमसाब!''

बीनू ठीक तरह खाना नहीं खाता और मुझे पता तक नहीं! उसे लगा, मैं खुद बीनू को खाना खिलाऊँ और उसे गोद में लेकर सुलाऊँ। पर अगर वह रोज़ाना मचलने लगा तो? रोज़ाना यह कैसे हो सकता है? उसे विजय के साथ घूमने जो जाना पड़ता है—सोशल काल्स, पार्टीज़!

''अच्छी तरह खाना खाया करो बेटे! और सुनो आया, मेहमानों के आने पर बीनू को थोड़ी दूर के लिए बाहर ले जाना!'' रंजना ने कहा।

लेकिन बीनू का उस ओर तनिक भी ध्यान न था। वह आया से बोला, ''मुझे चित्रा के यहाँ ले चलो।''

साढ़े छह बज गए, रंजना ड्रेसिंग टेबल के पास आ गई। उसने सुन्दर-सा

जूड़ा बनाया। सुगंधित साबुन से मुंह धोया, क्रीम लगाई। साड़ी भी गुलाबी पहनी। काला ब्लाउज पहनकर वह शरीर पर सेंट लगा रही थी कि विजय आ पहुँचा।

''हलो! कितनी सुन्दर दिखाई देती हो,'' वह रंजना का चुम्बन लेकर बोला, ''सब तैयार हो गया न बाय?''

''सब कुछ तैयार हो गया। मैंने पहले ही उसे बता रखा है,'' रंजना बोली।

''अच्छा, मैं तैयार होता हूँ!''

कुछ समय बाद दरवाज़े पर घंटी बज उठी।

''बाहर कोई आया है मेमसाब,'' बंसी ने आकर कहा।

मंद-मंद मुस्कराती हुई रंजना बाहर आई। मेहता दंपती आए थे।

''व्हाट ए लवली सारी!'' मिसेज़ मेहता रंजना की ओर देखकर बोलीं, ''कहाँ से खरीदी?''

''रूपकला से।''

''मैंने भी वहीं से, या कलानिकेतन से खरीदी है। ठीक-ठीक याद नहीं।''

उनकी साड़ी नीले रंग की थी और उसके चौड़े लाल किनारे थे। तख़्त पर वे पोज़ लेकर बैठी थीं। मेहता स्पोर्ट मैगज़ीन देख रहे थे।

इतने में विजय आ गया। ''हलो! अरे भई, मैंने कल तुम्हें फोन किया था।'' वह मेहता से बोला।

''अच्छा? कल शाम को मैं घर पर नहीं था।''

''कहाँ गए थे?''

''हमारे एक दोस्त ने रेडियो क्लब में अपना जन्मदिन मनाया था। बहुत बढ़िया डिनर था।''

''मुझे पता है, मुझे पता है। इसीलिए तो हम भी वहाँ अक्सर जाते रहते हैं। हाल में ही गए थे...कब गए थे रंजना?''

''शायद हफ्ता-भर पहले।''

फिर घंटी बजी। लालवानी दंपती अन्दर आए। मिसेज़ लालवानी मस्टर्ड रंग की बनारसी साड़ी पहने हुए थी। वे काली पट्टियों वाली कुरसी पर बैठ गई। कुरसी के पास रखे चौकोर डमरू की ओर देखकर वे बोलीं, 'नाइस पीस! कहाँ से लाईं आप इसे?''

''हमारे एक परिचित इसे अदन से आए थे।''

फिर घंटी की आवाज़ और उसके साथ-साथ—''सौरी, वी आर लेट' की मधुर ध्वनि।

मिसेज़ शर्मा की कांजीवरम साड़ी हरे रंग की...मिसेज़ दीक्षित की बंगलौरी साड़ी पीले रंग की...ड्राइंगरूम में रंगों का जमघट हो गया। सुगंधों की नाजुक चर्चाएं होने लगीं। इतने में बीनू के चिल्लाने की आवाज़ आई। क्षण-भर के लिए वातावरण बोझिल हो उठा।

''आया!'' रंजना ने आवाज़ दी।

आया बीनू को लेकर बाहर आई। बीनू हाथ छुड़ाकर भाग जाने के प्रयास में था।

''बीनू, कम हीयर!'' विजय ने मृदुल स्वर में कहा।

''नो!'' बीनू ज़ोर से बोल पड़ा। विजय का चेहरा लाल हो गया।

''स्वीट चाइल्ड।''

रंजना सोच रही थी कि धीरे से आया से पूछे ले कि बीनू ने खाना खाया या नहीं?

बाय ने रसों के गिलास सामने कर दिए। रस चूसते हुए मेहमानों ने फिर गप्पें शुरू कर दीं।

''ब्यूटी कारनर में एक नये डिज़ाइन का सोफ़ा आया है। देखा आपने?''

''हाँ...मैं हफ्ते में एक बार तो जाती ही हूँ वहाँ।''

''सच! कितना सुन्दर सजाया है शोरूम उन्होंने, बिलकुल ड्राइंगरूम जैसा। सिर्फ घर के लोग नहीं हैं, बाकी सब हैं वहाँ।''

खाते समय किसी ने पूछा, 'चिकन बड़ा अच्छा बना है। किस तरह बनाया है?''

रंजना चक्कर में पड़ गई। उसे खुद नहीं पता था।

''ये 'चिली फ्राय' है साब!'' बाय ने कहा। तारीफ़ सुनकर उसका चेहरा खिल उठा था। इसे देखकर रंजना को कुछ खोया-खोया लगा।

आमलेट का टुकड़ा प्लेट में लेते हुए मिसेज़ शर्मा बोलीं, ''आपका कुक इंगलिश खाना बनाता है शायद! वी लव इट। वैसे मुझे भी अब आदत हो गई है, पर कभी-कभी लगता है कि नारियल के तेल में तली हुई कांटेदार मछली खाएँ।''

शर्माजी को अपनी पत्नी के ये शब्द अच्छे न लगे। उन कांटों का ज़ायका कैसा होता है—रंजना के मन में प्रश्न उठा। बाय काफी लेकर आया। संवादों में गरमी आ गई।

''अच्छा हम चलते हैं,'' थोड़ी देर बाद मिसेज़ मेहता बोलीं।

''अरे बैठिए न? इतनी जल्दी क्या है?''

"आज हमारा शोफर नहीं था इसलिए कार नहीं लाए। टैक्सी मिलेगी न आस-पास!"

"आफकोर्स! हमारा नौकर ले आएगा, बंसी..."

"अब हमारे यहां आइए। अगले हफ्ते में एक शानदार डिनर देने की सोच रही हूँ।" मिसेज़ लालवानी बोलीं।

साढ़े नौ तक मेहमान चले गए। ड्राइंगरूम सूना दिखाई देने लगा। रंजना ने सोचा कि बीनू के कमरे में जाकर देखूँ, वह सो गया है या नहीं। इतने में विजय बोला, "चलो थोड़ा-सा घूम आएं। चल रही हो न?"

"चलिए।"

कार से जाते हुए रंजना बादलों के टुकड़े देख रही थी।

"आज तुम कुछ बोल नहीं रही थीं!"

"नहीं तो!"

"नहीं तो क्या? अभी भी चुप हो!"

"सोच रही हूँ..."

"क्या सोच रही हो? मेहता कह रहे थे उस नये पीस को लेना है?" विजय ने पूछा।

कार सरकती चली जा रही थी।

❑

काला रंग

वामन प्रभु

उसने एक बार रसोई की ओर देखा। सब कुछ बुझा-बुझा सा था। चूल्हा तो कल से ही बुझा हुआ था। स्टोव के तेल से जैसे-तैसे रात को एक कप चाय बन सकी थी। वह जानती थी कि अब उसमें कुछ भी न होगा। नल के नीचे जूठे बर्तन रखे हुए थे। बर्तन क्या थे–दो भगोने, एक थाली, कुछ कटोरियाँ! एक बर्तन में चावल तली से लगे हुए थे, नल के पास खिड़की से कुछ जुठा बचा चावल बाहर की ओर फेंका हुआ था, उसके कुछ क्षण खिड़की की सरियों पर लगे हुए थे–बिल्कुल सूख चुके थे; उसके जैसे, भाउ-जैसे, बच्चों-जैसे! सच पूछा जाए तो वह घर ही सूखे चावलों-जैसा इस दुनिया के कोने में सड़ गया था। बैठा हुआ छप्पर, पीछे की ओर एक ही खिड़की, उसे खोलने का कोई साधन नहीं। कारण, खोलने पर उस ओर का पैखाना ही आँखों के सामने आ जाता–इसलिए हमेशा के लिए बंद रहने वाली खिड़की। झरोखे से जितना कुछ प्रकाश आता था, बस वही। पर वह भी बाहर के घने नीम के पेड़ से अड़ा हुआ था। मतलब घर में विशेष प्रकाश था ही नहीं। दिन-रात–महीने के महीने–वहीं, उसी वातावरण में रहने के कारण उसका चेहरा सफेद पड़ गया था। उस पर कमज़ोरी और पाँव भारी–उसे लगता था कि उसके पेट में भी खिड़की के सरियों पर सूखने वाले चावालोंनुमा एक जीव सड़ रहा है। फिर आगे की बात ही खत्म हुई।

बर्फ की सिल्ली की सिल्ली उसने अपने मन पर रख ली। बिलकुल सामने के कमरे में बच्चे खेल रहे थे। उसने उनकी ओर एक बार देखा। बीच के कमरे के एक कोने में भाउ सो रहा था। वहां भी अंधेरा ही था–आखिर प्रकाश आए तो कहाँ से? उस कमरे में तो झरोखा भी न था।

आखिर कुछ करना चाहिए, यह सोचकर उसने बच्ची को आवाज़ दी। उसके करीब आने पर बोली, "अमृता, जा अपने भाउ को उठा दे।"

अमृता वैसी ही पीछे की ओर मुड़ी। बीच के कमरे में जाकर भाउ को हिला-हिलाकर जगाने लगी।

दो-चार मिनटों में भाउ ने अपने मुंह की गुदड़ी दूर की। जागने की वजह से उनकी आँखें लाल-लाल हो गई थीं। उन्होंने वैसे ही बच्ची की ओर देखा। उनका गला सूख गया था। जीभ गले में अटक गई थी, गला भी खर-खर कर रहा था।

उन्होंने पहले गले को खंखारा। नींद-भरी आंखों से ही बच्ची से पूछा, ''क्या है री?''

तब तक वह दूसरे कमरे तक जा पहुँची थी। उनकी आवाज़ सुनते ही बोली, ''साढ़े नौ बजे गए—उठते हो न? आज तो घर में कुछ भी नहीं है!''

''ऊंह, चलो, सो जाओ।''—पत्नी की आवाज़ अनसुनी कर और बच्चों को बिस्तर में लिटाकर भाउ ने मुँह पर गुदड़ी ओढ़ ली। वह भी बाद में कुछ न बोली। शून्य दृष्टि से उनकी ओर देखकर फिर वापस आ गई। अंदर के रसोई के अंधेरे कमरे में अपनी रोज़ाना की जगह पर आ बैठी।

''भाउ हैं क्या?''

बाहर से किसी की आवाज़ आई, इसलिए उसने बाहर की ओर देखा। भाउ के पास आने वाला एक लड़का दरवाज़े में खड़ा था और पांव फैलाकर स्याही की शीशी से खेलने वाले किशोर की ओर देख कौतूहल से बातें कर हरा था। क्षण-भर उससे सुख की अनुभूति हुई, पर फिर उसके मन में एकदम धक्का-सा लगा—यह लड़का अभी से स्याही से खेलने लगा है—रंगों से खेल रहा है!

एकदम उसका ध्यान दरवाज़े में खड़े लड़के की ओर गया। उसकी आँखें कौतूहल से चमक रही थीं। फिर वह अन्दर आया। बच्चे के पास आकर उसके बालों में उंगलियों डालकर बोला, ''अच्छा अभी से माडर्न आर्ट पर हाथ फिराया जा रहा है!''

फिर उसने बच्चे के पास का कागज़ खींच लिया। खुद ही हँसते हुए कागज़ को उल्टा-सीधा कर कुछ खोजने लगा। बीच में ही उसकी भौंहें कुछ ऊपर चढ़ गईं। कुछ नई कल्पना-सी मालूम होने पर उसके होंठों पर कुछ अस्पष्ट हँसी उभर आई। कागज वैसा ही उसके सामने करते हुए अंत में उसने कहा, ''जाओ, भाउए को उठा दो। कहना कि वामन चाचा आए हैं।''

बच्चा एकदम उठ बैठा और पीछे मुड़कर बोला, ''मेरी स्याही न लेना, हँ!''

बात सुनकर नवागत ज़ोर से हंस पड़ा और बच्चे द्वारा फैलाए कागज़ इधर-उधर करने लगा।

दौड़ता हुआ किशोर भाउ के पास पहुँचा और ज़ोर-ज़ोर से हिलाकर उसे उठाने लगा।

सच पूछा जाए तो भाउ को उठने की बिलकुल इच्छा नहीं हो रही थी। सोचने और लगातार चारमीनार पीने के कारण सिर भारी-भारी-सा हो गया था। इस पर जागरण और वही की वही काले रंग से आने वाली ग्लानि। उठकर भी आखिर क्या होगा? आँखों पर गुदड़ी डालने से जो आँखों से हटाने का था वही सामने आ जाएगा। कल से चूल्हा सुलगा ही न था। बीवी कुछ भी बोलने लगेगी। कुछ न कुछ करने के लिए कहेगी। बच्चों के भूखे होने की बात कहेगी—सुने भी तो कैसे? और क्या...करे भी आखिर क्या? वामन आया है। एकदम भाउ के मस्तिष्क में शब्द चमक गए। उसके साथ ही उसकी आंखें चिरमिराईं। एक तेज़ कल्पना उसके मस्तिष्क में चक्कर काट गई। एकदम तेज़ी के साथ उसने गुदड़ी दूरी की और पास खड़े बच्चे से 'चल-चल' कहते हुए उतने में ही अमृता से एक गिलास पानी लाने के लिए कहकर भाउ बाहर आए।

"अरे कब से बैठे हो?"

"अभी-अभी आया हूँ"—भाउ के खिंचे-खिंचे-से चेहरे पर नज़र डालते हुए वामन बोला। फिर हाथ के कागज़ के टुकड़े करते हुए बोला, "भाउ, तुम्हारा बच्चा भी प्रतापी निकलेगा।"

"फिर बेटा, तुम क्या समझे?"—उन कागज़ों की ओर न देखते हुए ही सारे शरीर को आलस देते हुए भाउ ने जवाब दिया।

"सिगरेट है?"—जम्हाई लेते हुए और हाथ नीचे करते हुए भाउ ने पूछा।

"ओ यस"— पट से खड़े होते हुए वामन बोला और जेब से पैकेट निकालकर भाउ के सामने बढ़ा दिया।

"भाउ, रात-भर काम किया था?"—सींक जलाते हुए वामन ने भाउ की ओर देखकर पूछा।

"फिर, तुम क्या समझे!"—भाउ ने दम भरते हुए अपनी खास आवाज़ में कहा। फिर आगे बोला, "साली स्याही खत्म हो गई तो सीधा कागज़ काम में ले लिया। कुछ मूड था साला। पेट में कुछ न था, दो दिन का जागरण, सिगरेट फूँक-फूँककर गला काम से चला गया। बाहर अंधेरा। और सुनो..."—बीच में ही वामन के कंधे पर हाथ रखकर उसका ध्यान अपने बोलने की ओर खींचकर

कहने लगा, "वह कोना है न—साली वहां एक छिपकली धीरे-से कीड़े गुटक रही थी। अरे यार, एक बार तो साली ने इतना मोटा कीड़ा फाँसा। आधा उसके मुँह में और आधा उसके बाहर! फड़फड़ा रहा था साला!"

गद्‌गद होकर वामन सुन रहा था। भाउ द्वारा खींचा चित्र उसके सामने आ गया।

"भाउ, पेंटिंग कहाँ है?"—उसी अवस्था में उसने पूछा।

"हाँ, बेटा दिखाएंगे।"—भाउ ने एक लम्बी साँस लेकर कहा। सिगरेट के छोटे-से टुकड़े का आखिरी कश खींचते हुए भाउ खड़े रहे। ज़ोर से दम भरने के कारण उसे ठसका लगा। ठसके के साथ ही खांसी भी उभर आई। नाक-मुँह में धुआँ जाने से एक ज़ोर से छींक भी आ गई। सब कुछ हो जाने पर उसने वामन की ओर देखा। अब वामन की आंखों की उत्सुकता ठंडी पड़ गई थी और वह अगतिक नज़र से भाउ की ओर देखने लगा था।

"भाउ, क्या हाल है तुम्हारा?"—सहज ही वह बोला। वह जानता था कि उसे ऐसा नहीं कहना चाहिए। मुँह की सिगरेट बाहर फेंकते हुए उसने पूछा, "पेंटिंग टेबिल पर हैं?"

फिर भाउ एकदम पीछे की ओर मुड़ा। बच्चों को पुकारते हुए नीचे के कागज़ों के टुकड़ों को हटाने के लिए कहा, और टेबिल पर रखे कागज़ इधर-उधर करते हुए कल के चित्र देखने लगा।

वामन ने एक बार सारे घर पर नज़र घुमाई। गरीबी और ये कलाकार—मन ही मन सामंजस्य की बात सोचने लगा। दीवार पर टंगे कुछ चित्रों पर नज़र डाली। भाउ की प्रत्येक कलाकृति से एक अस्वस्थता टपकती थी। घृणा फूट पड़ती थी। भाउ के चित्रों में स्त्रियों की वे आकृतियाँ? सारी आकृतियां प्रतिबिंब-सा दिख रही थीं। उसमें भाउ का एक प्रिय विषय भी था—'माँ और शिशु'। भाउ ने प्रत्येक शैली में एक चित्र इस विषय पर बनाया था। इसे वह जानता था। उसे हमेशा लगता कि भाउ के मन की कुंठा इन चित्रों में झलकती है—सौंदर्य का साक्षात्कार—पर शेष सारे चित्र और उनके विषय? अपने विचारों पर उसे खुद ही हंसी आ गई। कलाकृतियों की प्रेरणा के विवध रूप उसकी आंखों के सामने उठने लगे।

"हूँ!"—इतने में भाउ ने उसके सामने कागज़ों के दो-तीन टुकड़े फेंके। उसके हाथ का पैकेट लेते हुए भाउ बोला, "देखो, मैं ज़रा तब तक पानी पीकर आता हूँ।"

सफेद धवल पृष्ठ भाग और उस पर काले रंग के अनेक रूप उसके सामने

थे। काले-काले रूप। नग्न-अर्धनग्न नारियों की आकृतियाँ। काम-वासना से धूसरित उनके शरीर। लंबे भयानक-से चेहरे। काले रंग से ही दिखाई देने वाली शक्लें; उनकी आंखों के लाल-लाल धूमिल विचार। खुतराए हुए स्तन! जलने-जैसे धब्बे! एक ही धूमिल विचार। एक ही समय में अगतिकता, निष्क्रियता, याचना टपकाने वाले नेत्र—काले रंग से साकार की गई भयानकता। अजीब घृणित ज़िंदगी और दीवार पर टंगा वह चित्र—माँ और शिशु! मदर एंड चाइल्ड। शिशु के हाथ का कमर में बंधन और उसके अपने में समेट लेने की भावना से पूर्ण माता! संपूर्ण समर्पण का प्रतीक! बहुत ही सुन्दर!—पर भाउ के ये चित्र; अधिकाधिक यथार्थ होते जाने वाले चित्र! कलुषित जीवन में—और वैसे सर्वसामान्य के जीवन में आखिर रह ही क्या गया है? कहां का सौंदर्य बचा है? सिर्फ घूरे के जानवर! किसलिए और किसके लिए, कोई नहीं जानता।

"चलो वामन बाहर हो आएं"—इतने में पैंट बदलकर आते हुए भाउ ने कहा। वामन ने बैठे ही बैठे उसके चेहरे पर नज़र डाली। आंखों के गहरे गड्ढे, सीने की पसलियाँ उभरी हुई। गालों में गड्ढे। अधिकतर बाल सफेद!

"भाउ, अब काफी प्रौढ़ दिखने लगे हैं आप!"—अनजान में ही वह अपना मत प्रकट कर गया।

"चल बे!"—भाउ ने उस मत को अलग फेंक दिया। अजीब हँसी के साथ बोला, "साले, बीवी को बच्चा होने वाला है।"

वामन एकदम कुछ भी न बोला। उसने चप्पल पांव में अटकाई और बाहर निकल आया। सड़क पर आते ही बोला, "भाउ, कितना भार बढ़ा रहे हो?"

"अबे साले तो मैं क्या करूं?"

"आदमी को कुछ दम धरना चाहिए।"

"अबे हट!"—भाउ ने उसे उड़ा दिया। पर हंसते-हंसते ही उसका चेहरा कुछ गंभीर हो गया। फिर धीमी आवज़ में बोला, "बस यही तो एक सुख बचा है साला। बाकी और रह ही क्या गया है।"

अपनी भौंहें ऊपर उठाकर वामन ने एक बार भाउ की ओर देखा। भाउ के चेहरे की नसें फूलकर ऊपर की ओर आ गई थीं। आँखों में अजीब लाली दिखाई दे रही थी।

होटल से निकलकर वे पान वाले की दुकान पर आए। पान वाले को वामन ने पान लगाने के लिए कहा।

"मेरे लिए एक चारमीनार का पैकेट लेना!"—भाउ ने चेले को हुक्म देने

के ढंग पर वामन से कहा। वामन कुछ सहमा, फिर खुद ही हँस पड़ा। पैकेट भाउ को देते हुए रास्ते की ओर देखकर बोला, ''भाउ, वह छोकरी हसीन है।''

''हां''—सिगरेट का कश खींचते हुए भाउ बोला।

''तंग कुर्ती, सफेद कपड़े पर लहरेदार काली रेखाएं और नितंब के वक्र आकार को हाथ में लेने वाली चढ़ती काली रेखाएँ। ओफ!''—वामन ने रास्ते पर जा रही युवती के कपड़ों का रसास्वादन किया।

''हाँ बेटा, इन काली रेखाओं में प्रेरणा है। यही तो घायल कर देती हैं।''—पर ऐसा कहते वक्त भाउ की आवाज़ अजीब-सी हो गई। वामन को वह आवाज़ प्यासी आवाज़ महसूस हुई।

''भाउ, यह बात अच्छी नहीं है।''—वामन ने संकेत किया।

''अरे, मेरी तो नस-नस फूल जाती है साली। रेखाएं नागिन। डस लेती हैं साली। लगता है, पास जाकर दोनों हाथों से टुकड़े-टुकड़े कर डालूँ।''

''चलो भाउ, तुम्हारे ऊपर शायद भूत सवार हो गया है।''—वामन बोला, पर भाउ पर इन शब्दों का कुछ भी असर न हुआ। फिर वही बोल पड़ा, ''घर चलें, बहुत-से चित्र बनाने को रह गए हैं।''

''घर पर?''—तुच्छता से भाउ बोला।

''हूँ।''

''अबे, दो-चार रुपये पहले इकट्ठा करने पड़ेंगे, तब कहीं घर जाना होगा। कल से बच्चे भूखे हैं।''—सूखी, शुष्क काली स्याही जैसे शब्दों में भाउ बोला।

''इसीलिए कहता था भाउ, यह 'इश्यू-प्रकरण' अब ठीक नहीं।'' भाउ को टटोलते हुए, कुछ संकोच से वामन ने कहा।

''हां—पर दवाई के लिए भी तो पैसा चाहिए।''

वामन का इन वाक्यों से अजीब-सा लगा। मतलब—गर्भपात? एक जीव की हत्या? वामन के शरीर पर बेकार कंपकंपी फैल गई। भाउ के बनाए चित्र उसकी आँखों में घूमने लगे—काली स्याह। भयानक। शरीर पर सिगरेट के दाग लगे हुए। स्तन पर, घुटनों पर और नितंब पर भी।

''तुम्हारे पास पैसे हैं?''—एकदम भाउ ने पूछा। वामन कुछ गड़बड़ा गया। उसकी जेब में पैसे थे। पर भाउ को पैसे देने का मतलब पैसे खो देना है, यह वह जानता था। उस समझ के कारण वह नैतिक बोझ के नीचे दब-सा गया; बेचैन हो गया।

''हाँ, होंगे थोड़े से''—उसने अस्फुट स्वर में कहा। फिर जेब में हाथ डाला और कुछ कागज़ बाहर निकाले।

भाउ के भाग ज़ोरदार थे। वामन के पास सात रुपये निकले। भाउ ने उनमें से पाँच उठा लिए। जब भाउ पाँच का नोट ले रहा था तब वामन हैरान हो उठा। पर वह चुप रहा।

"अच्छा अब चलता हूँ, भाउ!"—कुछ देर बाद वामन ने जैसे-तैसे कहा। भाउ सब कुछ समझ चुका था। उसकी ओर विशेष ध्यान न देकर अपने ही रंग में उसने पूछा, "क्यों चल दिए?"

'हाँ, आफिस जाना है"—वामन ने बचने का रास्ता निकाला। वह जान गया कि अब यहां से सटक जाना चाहिए। उसके भी वे ज़रूरत के पैसे थे, और भाउ ने कितने ही बार लिए थे, उसका कुछ हिसाब ही न था

"अच्छा"—भाउ भागने के ढंग से बोला। तब से पांच का नोट हाथ की मुट्ठी में होने के कारण गीला हो गया था। और वह गीलापन भाउ को महसूस भी हो रहा था। होंठ में चारमीनार सिगरेट खत्म होने वाली थी। रास्ते पर भीड़-भाड़ थी और इधर कोने की पान की दुकान पर भाउ अकेले में खड़ा था।

पाँच रुपये! वामन के चेहरे की बेचैनी! रसिकता से चित्रों का रसास्वादन करने वाला दोस्त...हूँ...दो दिन का जागरण और पेट की भूख...कल से बुझा हुआ चूल्हा!...बीवी का पांव भारी—मतलब आफत! इन बच्चों की ही पढ़ाई की मुश्किल है, नये का क्या होगा? गालियाँ? पर वे कहाँ से लाएँ? पाँच रुपये...हूँ—भाउ ने खुद ही सोचा। बचेंगे साले अपने भाग से। हमाली करेंगे, मजदूरी करेंगे, डाका डालेंगे, जेब काटेंगे, भीख मागेंगे। पर मैं उनका बाप—ऐं—मैं क्या करूँ? भाउ फिर कुछ भी न सोच सका।

यहाँ से चलना चाहिए। वह चला। उसने नोट जेब में ठूँसा। पर चलते-चलते बार-बार नोट को जेब में टटोलता रहता था।

मटन की खुशबू से उसके सिर में अजीब गंध भर गई। छोकरी जैसी खुशबू ने उसकी रसना को बांध दिया। पर घर में? बीवी है—बच्चे हैं—उनकी याद से उसे खुद से ही घृणा हुई। विचारों का बोझ उसे सहन न हो सका और अनजान में ही उसके पाँव होटल की ओर चल पड़े।

मटन का शोरवा और बोटियाँ गले के नीचे उतर रही थीं। ढकेली जा रही थीं। घर की याद से उसका सिर दर्द कर उठता था और वह मटन खाए जा रहा था। पर अंत में उसे सब कुछ असह्य हो उठा। सामने रखे पदार्थ का मोह न छूट पाता था और अजीब भावना से मन भारी-भारी-सा हो रहा था।

आखिर में आधा खाना छोड़कर भाउ उठ खड़ा हुआ और सीधे घर की

ओर चल दिया। उस सनक में उसने रास्ते की दुकान से 'वाटर प्रूफ़' स्याही की दो बोतलें भी खरीद लीं, और उसी धुन में घर आ गया।

बच्चे माँ के आसपास खड़े थे। उनकी आँखों में भूख दिखाई दे रही थी। वह नज़र भाउ को असह्य हो उठी। जेब में बचे हुए खुल्ले पैसे उसने पत्नी की ओर फेंक दिए। मैला बुश्शर्ट उसने उतारकर टेबिल पर पटक दिया। पुराने अखबार का एक कागज उसने ज़मीन पर बिछा दिया और इस पर काली स्याही सारी की सारी उंड़ेल दी। खून फैल जाने जैसी स्याही कागज़ पर बिखर गई। एक बड़ा-सा काला-काला दाग! घृणित! कुरूप! भाउ को लगा उस काले खून में हाथ डुबाए और अपने ही चेहरे पर उसकी छाप लगा ले। सारी दीवारें इस काले खून से पोत दे। बीवी, बच्चे...उसका गर्भ, सबके मुँह खून से पोत डाले। कुछ अजीब-सा कर दे। कुछ अजीब...भाउ वैसे ही कमरे में घुसा। रसोई में अभी भी उसकी पत्नी बैठी हुई थी। एक विचित्र कल्पना उसके दिमाग में आई। उसके चरण छुए...उससे माँफी माँगे...उसे हृदय से लगाकर रोए, मस्तिष्क की सारी आग उसके शरीर में उगल दे, उसे थपथपाए...उसकी छाती में सिर रख दे। ऐसे-ऐसे विचित्र विचार उसके सिर में चक्कर काट गए। वह वैसा ही सामने की ओर बढ़ा।

हाथ काली स्याही से भरे हुए, स्याही सूखी हुई, और वह विचित्र वेश! देखकर वह एकदम उठ खड़ी हुई। उसके खड़े रहने की लय बिजली जैसी उसकी आंखों में कौंध गई। काली-काली रेखाएं नितंब को अपने में समेटने वाली। उस समय रास्ते पर दिखाई देने वाली काली-काली रेखाएं उसके सामने तत्काल नाचने लगीं। अनजान ही उसने पत्नी को करीब ले लिया और सीने से लगा लिया।

अब तक सूरज काफी ऊपर आ गया था। भाउ के रसोईघर का अंधेरा भी इसी कारण कम हो गया था। उसके दोनों बच्चे दरवाज़े में खड़े थे और भाउ पत्नी की गोद में सिर रखकर धीरे-धीरे रो रहा था।

❑

गड्ढा

शंकर पाटिल

दवाई की शीशी लेकर भजना दरवाज़े में आ खड़ा हुआ। पाँव की आहट हुई और उसकी औरत कोठरी से निकल दालान में आकर बोली—तुम अस्पताल चले गए और इधर खून की उल्टी हो गई।

भजना का दिल बैठ गया। चेहरा फीका पड़ गया। औरत से बातें न कर वह सीधा कोठरी में आया और अम्माँ की खटिया के पास आकर चुपचाप खड़ा रहा। बुढ़िया आँखें बन्द कर चुपचाप पड़ी हुई थी। तीन महीनों से खटिया पर थी। शरीर में तनिक भी बल न था। सिर्फ हड्डियों का ढांचा रह गया था। न माँस न खून।

भजना सिरहाने बैठ गया। अम्माँ की ओर देखने की हिम्मत न होती थी, और मुँह से आवाज़ भी न निकल पाती थी। हाथ की हड्डियाँ निकल आई थीं और सिर्फ झुर्रियाँ दिखाई देती थीं। पेट में मतली-सी आ रही थी...न जाने कितनी सुइयां लग चुकी थीं। दवाइयां बदल-बदलकर पिलाई गईं, पर कोई फायदा न होता था। रुपये में एक आना-भर भी नहीं। क्या करें?...बुढ़िया सूखती ही जा रही थी। पता नहीं क्यों?...एक गहरी सिसकी से भजना ने अम्माँ के भाल पर हाथ रखा। बुढ़िया ने आँखें खोलीं। अजीब सूखी-सूखी आँखें। केवल पुतलियाँ देख रही थीं। भजना ने पूछा—अम्माँ? कैसा जी है?

पुतलियाँ देखती रहीं। जैसे कपड़े से स्लेट पट्टी पोंछते हैं, वैसे ही भजना ने धोती से माथे का पसीना पोंछा और टुकुर-टुकुर देखता रहा। खुली आँखें बन्द कर बुढ़िया चुपचाप पड़ी रही। पाँव की ओर खड़ी बहू कहने लगी—एक लोटा खून गिर गया।

भजना उठा। चुपचाप दालान में आ गया। दरवाज़े के पास चुपचाप, परेशान-सा खड़ा रहा और अन्दर झांककर औरत से बोला—ज़रा बाहर तो आ।

औरत बाहर आ गई। भजना ने पूछा—खून क्यों गिर गया री?

—देखो तो सही।

—फिर और दूसरी दवाई देता हो तो देखूँ?

—हाँ देखो—औरत बोली—कहना कि लोटा-भर खून गिरा है और यह भी कहना कि खून में जाली-सी दिखाई दे रही थी और काले-काले टुकड़े भी।

भजना ने पन्हैयां पहनीं। दालान से बाहर आया। औरत बोली—उल्टी से बेचारी बहुत कमज़ोर पड़ गई। डाग्डर से कहना नेक बल शरीर में ना रहा।

सपाटे में पाँव बढ़ाते हुए भजना अस्पताल पहुँचा। डाक्टर को देख आँखों में आँसू आ गए। मुँह लटक गया। डाक्टर ने पूछा—कहो, वापस कैसे आए?

भजना के मुँह से आवाज़ ही न निकलती थी। एक लम्बी साँस लेकर बोला—मैं तो दवाई लेने इधर आया और उधर खून की उल्टी हो गई।

डाक्टर के मुँह की ओर देख पूछ बैठा—ऐसा क्यों हुआ डाग्डर साब?

एक बार आँखें झपकाकर डाक्टर बोले—अपने हाथ में जितना है उतना कर देखना चाहिए।

पेट में खलबली-सी मच गई। खड़े रहने की हिम्मत ही न रही। भजना दोनों टांगों पर उकड़ू बैठ गया। ऊपर देखने की बजाय नीचे ज़मीन की ओर देखने लगा। बीच में ही बोल पड़ा—डाग्डर साब, एक लोटा खून गिर गया। खून में जाली-सी दिखाई दे रही थी और छोटे-छोटे काले टुकड़े भी। गांठें-सी थीं।

कुछ विचार करने का अभिनय कर डाक्टर, कुर्सी से उठ खड़े हुए, दो-तीन शीशियों का पाउडर मिलाया और पुड़िया बांध, हाथ में देते हुए बोले—जाते ही यह पुड़िया शहद से चटा देना।

हाथ में पुड़िया ले भजना चुपचाप खड़ा रहा। पैरों की ओर देखते हुए धीरे से बोला—डाग्डर साब, नेक आप चलकर देख लेते।

डाक्टर चुपचाप कुर्सी पर बैठे रहे। भजना बोला—उल्टी होने से बुढ़िया कमज़ोर पड़ गई है।

डाक्टर कुछ न बोले। सिगरेट सुलगाकर पीने लगे। भजना खड़ा ही रहा। उसकी ओर देख डॉक्टर बोले—इस पुड़िया को दो जाकर। बाद में खबर देना।

भजना घर आ गया। औरत पंखा झल रही थी। बन्द आंखें बुढ़िया खोलती ही न थी। सिर्फ कराह रही थी। पास आकर औरतों से पूछा—अब कैसा जी है?

—कहती है, पेट में गोला-सा उठ रहा है।

घबराकर भजना देखता रहा। हाथ में पुड़िया ले चुपचाप खड़ा था। दोनों की बातचीत सुन बुढ़िया ने आँख खोल ऊपर देखा। भजना नीचे बैठ गया। बुढ़िया

दोनों हाथ से पेट दबाकर कराह रही थी। आगे झुककर भजना ने पूछा—अम्माँ, अब कैसा जी है?

—पेट में आग-सी उठ रही है, भजना। हाय रामऽ। क्या करूँ, दर्द से मरी जा रही हूँ। अब नहीं सहा जाता भजनाऽऽ हरेऽ राम।

भजना का धीरज टूटा। घर से निकल एकदम अस्पताल की ओर भागा। डाक्टर से बोला—पेट में गोला-सा उठ रहा है। बुढ़िया बुरी तरह बर्रा रही है।

डाक्टर कुर्सी पर बैठे रहे। उन्हें कुछ भी सूझ न रहा था। दोनों हाथ जोड़, भजना बोला—डाग्डर साब, चाहे दो हजार रुपये लग जाएँ, पर बुढ़िया को बचा लीजिए। सिर्फ चार महीनों तक बचा लीजिए डाग्डर साब।

डाक्टर भजना की ओर देखने लगे। भजना बोला—बापू की समाधि बाँधना है। उसको आँखों देख लेवे। बस, इतनी समाधि बांध लेऊं। चार महीने बचा लीजिए डाग्डर साब। कित्ता भी पैसा खर्च हो जाए पर....।

भजना बोलता रहा। डाक्टर कुर्सी से उठे। पास आकर भजना की पीठ पर हाथ रखा। भजना की ओर देखकर बोले—ऐसा हो सकता तो तुझसे पहले ही न कहता। धीरज से काम लो और माँ की सेवा करो, जाओ।

भजना घर आया। बुढ़िया करवट बदल रही थी, वह पास न बैठ सका।

सुबह खत्म हुई और दोपहर हुई। बुढ़िया का दर्द और भी बढ़ गया। भजना की हिम्मत पास बैठने की न थी। दर्द न देखा जाता था। काहे की आग पेट में थी भगवान जाने। ज़हर की गोली से जैसे कुत्ता तड़पता है, वैसे बुढ़िया तड़प रही थी। बुढ़िया ज़मीन से एड़ियाँ घिसे जा रही थी। क्या किया जाए, कुछ जान न पड़ता था। भजना उठा। कहीं भी मन न लगता था। अकेला ही बाहर दालान में आ गया। दालान से गोडों में आ गया। बैठी हुई भैंसें उठ खड़ी हुईं। एक के पास जाकर मुँह पर हाथ फेरते-फेरते खूँटे को पकड़कर बैठ गया और भैंस के मुँह की ओर देखकर बोला—क्या हो रहा है री, तेरी मालकिन को?

आँखों से आंसू बह चले। खूँटे पर सिर रख अकेला ही रोता रहा और भैंस के मुँह की ओर देखकर बोला—बुढ़िया के सिवा और किसी को दूध न दुहने देती थी। अब कल ब्या गई तो फिर कौन दुहेगा तुझे? कौन नज़र उतारेगा री तेरी?

भजना बैठा ही रहा। आधा घण्टा हो गया। धोती से आँखें पोंछ उठ बैठा। दालान में आया। नीची गर्दन किए चुपचाप कोठरी में आया।

बुढ़िया कराह रही थी। औरत पंखा झल रही थी। पास-पड़ोस की औरतें भी इकट्ठा हो गई थीं। कोई भी बोलता न था। सब चुप। एकदम चुप। औरतों

की भीड़ देखकर फिर दालान में आया। दालान में और लोग इकट्ठा हो गए थे। रमई कक्का चिलम फूँक रहे थे। वे चिलम मुँह से अलग कर भजना से बोले—भजना, इधर तो आ।

भजना पास आ गया। रमई कक्का बोले—बुढ़िया को क्या हो गया, भगवान जाने। उसकी बेटी को टेर ला।

भजना से पूछकर रमई कक्का ने दो-चार आदमी गाँव की आरे दौड़ाए। साइकिलों पर आदमी चले गए। बेजान-सा भजना बैठा रहा। अजीब बेचैनी थी। ठीक तरह से बैठ भी न पाता था। और न किसी से बोल रहा था। क्या करे, कुछ सूझ न रहा था। कोठरी में जाता था और फिर दालान में आ जाता था। भजना का धीरज टूट रहा था। एक जगह टिक ही न पाता था। मुँह से चिलम लगा रमई कक्का बोले—उसकी बेटी आ जाए, तो तसल्ली होगी। आज की रात काटना मुश्किल है।

भजना खड़ा हो गया। कोठरी में जाने की हिम्मत ही न होती थी। परेशान-सा वहीं खड़ा रहा। बिना बोले दालान से आंगन में आ गया। भजना अकेला ही बाहर निकल पड़ा। रमई कक्का उसे देखने उठ खड़े हुए, और खांसकर थूकते हुए दरवाज़े के पास आकर बोले—भजना, बाहर क्या कर रहा है?

—कुछ भी तो नहीं।—कहकर भजना धूप में ही खड़ा रहा। दालान से निकलकर रमई कक्का भी बाहर आ गए। कंधे पर हाथ रखकर बोले—धीरज छोड़ने से कैसे काम चलेगा, भजना।

दोनों पत्थर के टीले पर बैठ गए। बीच में ही बुढ़िया के कराहने की आवाज़ सुनाई देती। भजना बोला—कक्का, यह सब क्या हो रहा है? आज एकदम कैसा होनहार था, बुढ़िया मारे दर्द के बर्रा रही है—कक्का। दोनों हाथों से सिर थामकर भजना बोला—सब गड़बड़ हो गया कक्का। उसकी आंखों के सामने बापू की समाधि बन जाती बस। पर...पर कक्का क्या बदा है भाग में, ऊपर वाला जाने।—बोलते-बोलते भजना उठ खड़ा हुआ। रमई कक्का ने पूछा—अब क्या करने चले?

—पागल हो! अरे, खेत पर क्या रखा है?

—परेशान होकर भजना बोला—कक्का, बापू बैठे थे उस जगह, जाता हूँ। हाथ जोड़कर उनसे ही कहता हूँ।

—रहने दो। अब घर छोड़ जाना ठीक नहीं।

—नहीं कक्का, आफत के टेम बापू ही कुछ करते थे। उन्हें ही पुकारता हूँ। किसी की बात न सुन भजना घर के बाहर चल दिया। खेत की ओर चलने

लगा। बापू जिस खटिया पर बैठे रहते उस जगह खड़ा रहा और हाथ जोड़कर बोला—बापू, अचानक आफत आ पड़ी। अम्माँ मारे दर्द के मरी जा रही है। तुम ही उसे बचा लो बापू। बस, चार महीनों तक बचा लो बापू। तुम्हारे शराद के दिन सामधि बनाऊंगा। उसकी इच्छा थी बापू। उसके जीते-जी इतना कर लेने दो बापू और....और मुझे कुछ न चाहिए बापूऽ...

इतना कहकर भजना ने ज़मीन की मिट्टी उठाकर माथे पर लगाई। माथा टेककर उठ बैठा। खेत, खलिहान, पेड़, जंगल, सब घूमता-सा दिखाई दिया। आँखों के सामने अब सब धुंधला हो गया। कुछ दिखाई न दे रहा था। भजना ऊपर ही देखता रहा। हिंडोले जैसा जंगल घूम रहा था। उसकी आंखें ही न खुलती थीं। सूरज बीचों-बीच आ गया था। कड़ी धूप में खड़ा न रह सका तो खलिहान में रखे पूरे के ढेर के पास जा खड़ा हुआ। पूरे पर लेट गया। मन लगता ही न था। घर जाने की बात सोचता तो डर लगता था। आज तक किसी का मरना उसने न देखा था....कैसी अर्थी पर फूल चढ़ाएगा...मरते वक्त कैसे उसे देखेगा—कैसे क्या होगा?...क्या होने वाला है भगवान...।

भजना उठा। खलिहान में मन न लग पाता था। बेकार बैठा रहा। बैठा न गया। करे भी क्या? भजना उठा...दूर तक देखता रहा। खेत पर काफी काम बकाया था। दवाई होनी थी। कुछ सूझता ही न था। ज्वार खेत में खड़ी थी। सारे खेतों पर वह धूप में चक्कर लगाता रहा। अब क्या करे? एक जगह बैठा ही न जाता था। भजना फिर खलिहान में लौट आया। कुदाली उठा लाया। धोती घुटनों तक चढ़ा ली। बण्डी और साफी अलग निकालकर रख दी। हाथ में कुदाली लेकर वह गड्ढा खोदने लगा। ऊपर से तेज़ धूप पड़ रही थी। शरीर पसीने से तर हो रहा था। सीना माँस से ऊपर-नीचे हो रहा था। भजना कुदाली चलाता ही रहा...

दोपहर बीत गई। धूप मुंह पर थी। भजना रुका ही नहीं। हाथ ऊपर-नीचे हो रहे थे। दांत पीसकर कुदाली चलाए जा रहा था। बीच में गीली मिट्टी ऊपर आ जाती थी। गड्ढा गहरा खुदता जा रहा था। कोयला निकलता ही न था। उसने चार हाथ गहरा गड्ढा ही खोदकर रख दिया। एकाएक कान में आवाज़ आई और भजना का फुफेरा भाई जगना आवाज़ दे रहा था। मेंड़ पर खड़े रहकर जगना आवाज़ देता रहा।

हाथ की कुदाली अलग रख भजना गड्ढे से निकलकर ऊपर आया। उसके बाहर आते ही जगना भागकर उसके पास आया और बोला—भजना, क्या कर रहा है भजना?

बिना बोले, चुपचाप भजना खड़ा रहा। गड्ढे की ओर देखकर जगना बोला—चल जल्दी।

—अम्माँ का जी कैसा है?

—प्राण छटपटा रहे हैं।—जगना बोला—तुझे देखने को छटपटा रही है।

—मुझे देखने को?

—हाँ, बाबा, जल्दी चल।

भजना खड़ा ही रहा। क्या बोले, कुछ सूझता ही न था। उसकी ओर देख जगना बोला—जीजी भी आ गई है। सिरहाने बैठी है। चल, अब देरी न कर।

जगना ने नीचे पड़ी साफी और बण्डी उठाकर भजना के हाथ में दे दी, और तगादे से बोला—चल झटपट, बुढ़िया तेरी प्रतीक्षा में आँखें लगाए है।

भजना नीचे बैठ गया। जगना उसी ओर देखता रहा। भजना बोला—जगना! अम्माँ छटपटा रही है?

—हाँ, बाबा, अब उठ, चल जल्दी।

भजना उठा। दोनों मेड़ की ओर आए। बीच में ही भजना बोला—देख जगना, ऐसा कर।

—क्या?

—भागकर जा! नवादे के खेत में भीमा होगा, उसे नेक टेर ला। तब तक मैं आगे होता हूँ।

—उसे खबर ना दी?

—ना।

—तो मैं उधर जाता हूँ।

—जा। देर न लगा। जल्दी से साथ ले आ।

जगना बिना बोले भागा। भजना देखता रहा। आँखों से ओझल होते ही भजना मुड़ा और गन्ने के खेत की ओर देखता रहा। गड्ढे की ओर देखने लगा। उसकी समझ में नहीं आ रहा था कि उसने गड्ढा क्यों खोदा। पागल जैसे गड्ढा काहे खोद रखा? थोड़ी देर तक देखता रहा फिर हाथ-मुँह धोने बावड़ी की ओर आया। नीचे उतरकर हाथ-मुँह धोया। नाखूनों में घुसी मिट्टी निकाली, नाखून सफेद दिखाई देने लगे। दो-तीन कुल्ले किए। एक उंगली से दाँत साफ किए। फिर कुल्ला किया। काम करते-करते पेट में भी गड्ढा पड़ गया था। प्यास से जी तिलमिला रहा था। पानी पीना सूझता ही न था। बण्डी और साफी पहने खड़ा रहा। आकाश की ओर देखने लगा। सूरज डूबने को था। दो पहाड़ों के बीच लालिमा दिखाई

दे रही थी। उसकी ओर देखता रहा। आकाश में भी गड्ढा-सा पड़ा दिखाई दे रहा था।...भजना देखता रहा और एक उसाँस ले गांव की ओर चल दिया। पाँव उठते ही न थे। हाथ-पाँव में गोले-से पड़ गए थे। सीना फूल गया था। पर कोई चारा न था। वह चला जा रहा था। जाना तो था ही...।

गली से निकल घर की ओर मुड़ा। मदरसा आया। पत्थर की दीवार से टिककर वहीं खड़ा रहा। दूर खड़े-खड़े घर की ओर देखने लगा।

और अचानक रोने की आवाज़ सुनाई दी। भजना के सीने की धक-धक बंद-सी हुई। पाँवों में जान-सी गई। हवा की तरह वह घर की ओर भागा। आंगन में आते ही चीखकर रो पड़ा...

....अम्माँऽऽ...

❑

सुलभा

श्री. ज. जोशी

सुलभा का नहाना काफी समय से चल रहा था। सारे शरीर पर सफेद और सुवासित साबुन के पुट के पुट लपेट और सारी टंकी का गरम पानी अपने ऊपर उंड़ेलकर वह नहाई। शरीर पोंछने के पहले बाथरूम में लगे दर्पण में पड़े स्वयं के गीले शरीर के प्रतिबिम्ब को वह देखती खड़ी रही। बाद में उसे खुद की ही कुछ शर्म आई और फिर उसने बड़े टॉवेल से शरीर पोंछना शुरू किया। शरीर पोंछ लेने पर उसने फिर से एक बार दर्पण में ध्यान से देखा और टॉवेल लपेटकर बाथरूम की चटकनी खोलने को वह पीछे मुड़ी। चटकनी खोलकर वह बाहर निकलने वाली ही थी कि बाथरूम की दीवार पर उड़े हुए साबुन के झाग उसे दिखाई दिए। ये झाग देख उसे कुछ अटपटा-सा महसूस हुआ। दीवार साफ करने के लिए उसने मुँह में पानी लेकर उस पर डाला, पर इससे झाग फैलकर और भी विचित्र-सा दिखाई देने लगा। तब उसने दो-चार लोटे पानी डालकर दीवार साफ कर दी। दीवार तो साफ हो गई, पर उसके मन पर पड़े अटपटे विचार बने ही रहे। फिर वह वैसे ही बाहर आ गई।

बाहर के हॉल में, बीच के कमरे में, उसके पास उसी से लगे रसोईघर में सभी जगह कुछ अजीब-सी खामोशी थी। इंसान की दुनिया में सच पूछा जाए, तो हो-हल्ला स्वाभाविक ही है, पर उस जगह ऐसा कुछ भी न था। बीच के कमरे में बालक संजय अपने पंगूड़े में सोया हुआ था और उस पर लगी सफेद जालीदार मसहरी हवा के झोंकों के साथ इधर-उधर हिल रही थी। इस खामोशी में भी उसकी आवाज़ आ रही थी। रसोईघर में कोयले की सिगड़ी पर चावल पक रहे थे। उनके पकने की आवाज़ मानो संसार के स्पन्दन की साक्षी दे रही थी।

सुलभा ने खामोशी से अलमारी में रखी साड़ी निकाली और पहनते हुए काफी समय तक दर्पण में देखती रही। फिर एकदम सफेद बॉडिस पहनकर उस-पर जामुनी लकीरों वाला ब्लाउज पहना और एक फिल्मी गीत गुनगुनाने लगी। सम्भवतः

अपने अन्तर्मन को अपने सुखी होने की बात समझा रही हो। आस-पड़ोस की खामोशी से वह तनिक भी नहीं घबराती, इस बात को वह गीत के माध्यम से सिद्ध करना चाहती थी। पर गुनगुनाना अधिक देर तक नहीं टिक सका। रसोईघर से दूध के उफनने और जलने की गन्ध आते ही वह उस ओर भागी। दूध उफन गया था और उबलते दूध के सफेद दाग स्टेनलेस के बरतन के चारों ओर से फिसल रहे थे। उनकी ओर देखकर उसे कंपकंपी छूट आई। उसे साबुन के झाग का ध्यान आया और वह बाहर के हॉल में आ गई। वहां राहत न मिली, तो वह बरामदे में आई और सामने वीरान रास्ते की ओर तथा रास्ते के दूसरी ओर बने कारखाने की ओर देखती हुई खड़ी रही। सीज़न शुरू होने में अभी काफी समय था। कारखाने के कम्पाउण्ड में खामोशी थी। हवा भी शान्त थी, इस कारण दाईं ओर दूर से दिखाई देने वाले गन्ने के खेत के किनारे रख वाली करने वाला काला पहाड़ भी खामोश दिखाई दे रहा था।

गन्ने के खेत की ओर सुलभा काफी समय तक देखती रही, पर समय जैसे कटता ही न था। काफी समय बिता दिया, यह सोचकर वह खुद ही मुस्करा दी और अन्दर आ गई, पर सामने दीवार पर लगी इलेक्ट्रिक वाच को देखकर वह निराश हो गयी। अभी सिर्फ साढ़े दस ही बजे थे। यानी साहब को कारखाने गए अभी सिर्फ ढाई घण्टे ही हुए थे। इस बीच वह नहायी, इधर-उधर घूमी, चावल पकाए, उफने दूध को देखा और अभी ढाई घण्टे ही बिता पाई। डेढ़ घण्टा और काटना था, तब कहीं साहब कारखाने से खाना खाने घर आएंगे। खाना खाने के बाद फिर वही खामोशी, फिर वही एकाकीपन। तब वह एकान्त तीन घण्टों तक चलेगा और तब तक जी घबरा उठेगा।

प्रतीक्षा का यह बोझ सहन न कर सकने के कारण सुलभा हॉल में टहलने लगी। अनेक बार देखे हुए दीवार पर टंगे फोटो वह फिर से देखने लगी। शादी के बाद ससुराल आने पर लिए गए ग्रुप फोटोज़। ग्रुप के बीच में साफा पहने, सफेद मूँछों और गम्भीर आकृति वाले ससुरजी, उनके पास सिर पर आँचल किए झुर्रियोंदार चेहरे वाले सासुजी। दाईं ओर कुर्सी पर सूट-बूट पहने, फोटो के लिए चेहरे पर अजीब मुस्कान लाने वाले साहब और उनके पीछे तनिक लज्जा से झुकी हुई सुलभा स्वयं खड़ी है।

उस फोटो की ओर सुलभा काफी समय तक देखती रही। बाद में दूसरे फोटो का नम्बर आया। अलग मकान में थोड़ा-सा परिचय होने पर खास बम्बई में खिंचवाया हुआ दोनों का फोटो। बालक संजय का फोटो। साहब और उनके दोस्तों का सपत्नीक फोटो। सबकी ओर वह बेकार ही देखती रही। पर समय

कटता ही न था। अभी साहब के आने में एक घण्टे की देरी थी। मतलब साठ मिनट। जैसे इतने मिनटों के पहाड़ उसे लांघने थे। अभी न जाने कितनी यात्रा शेष थी।

सुलभा फिर से अन्दर के कमरे में आई और पलंग पर लेटकर पाँच-छः दिन पहले खरीदकर लाया हुआ उपन्यास फिर से पढ़ने लगी। आखिर समय तो काटना ही था, जो किसी भी तरह कटता नहीं था। घर में दूसरा उपन्यास नहीं था, सो वही दुबारा सही।

उपन्यास में किसी भगाई गई नायिका की कथा थी। गुंडों ने उसे माँ-बाप के पास से भगाकर एक एकान्त, निर्जन स्थान पर रखा था। गुण्डे सारा दिन बाहर रहते, पर रात को घर आ जाते और उस नायिका के यौवन का मज़ा लूटते। उस घर में काफी सुविधाएं थीं, उसे कुछ काम भी न था, कुछ इसी प्रकार का कथानक था उस उपन्यास का।

पढ़ते-पढ़ते एक पन्ने पर उंगली रखे सुलभा उस वातावरण में फंसी उस अभागी लड़की के विषय में मन ही मन सोचने लगी। उसकी परिस्थिति के कल्पना चित्र उसके मन पर तैरने लगे। वह सोचने लगी कि पहले-पहल उस लड़की को जब भगाया गया होगा, तो उसे कैसा लगा होगा? तब उसने आखिर क्या किया होगा? खूब चिल्लाई होगी, रोई होगी, उसने सिर पीट लिया होगा। शायद खुदकुशी की कोशिश भी की होगी। पर उसके बाद कुछ दिन बीतने पर उसकी ज़िन्दगी कैसे कटती होगी? सुबह से रात तक का समय आखिर वह कैसे काट पाती होगी? उसके मन में क्या द्वन्द्व चल रहा होगा? दिन-भर एक जगह बैठकर पिछली रात की बातों और आने वाली रात को आने वाले कष्टों के सम्बन्ध में वह सोचती होगी? दिन-भर एकाकी रहने पर रात के घृणास्पद अत्याचार की राह वह देख सकती है क्या...?

सोचते-सोचते सुलभा ऊंघने लगी। वह उस लड़की के स्थान पर स्वयं की कल्पना करने लगी कि बालक संजीव के रोने से वह जाग पड़ी। वह पलंग से एकदम उठ बैठी और संजीव को लेकर रसोईघर में चली गई। उसका रोना बन्द करने के लिए उसने स्टेनलेस की थाली में गरम-गरम चावल निकाले और उन पर घी डालकर वह उन्हें मीड़ने लगी। जब चावल मिड़ गए, तो वह उन्हें संजीव के मुंह में भरने लगी। दो-तीन ग्रास खाने के बाद वह आगे खाता ही न था। उसने एक बार ज़बरदस्ती उसके मुँह में चावल ठूंसे, पर वे मुंह के दाईं ओर बाहर निकल पड़े और उसके शरीर पर फैल गए। इन फिसलते चावलों की ओर देखकर उसे न जाने कैसा महसूस हुआ और उसे बाथरूम के साबुन के झाग का ख्याल

आ गया। उसके सारे शरीर में अजीब कंपकंपी छूट गई। आँचल से वह उन चावलों को पोंछने ही वाली थी कि दरवाज़े की कॉलबेल बज उठी। साहब कारखाने से लौटे होंगे। बारह बज चुके थे।

सुलभा एकदम उठी और उसने दरवाज़ा खोल दिया। खाकी पैण्ट पहने, सिगार पीते हुए साहब अन्दर पाए। उन्होंने दरवाज़ा बन्द कर लिया और कपड़े बदलकर वह खाने के लिए रसोईघर मैं आ बैठे। संजीव के मुँह पर लगे चावलों को देखकर बोले—"कितना ठूंसती हो! सारे चावल बाहर निकल आए।"

और फिर वह संजीव को बाथरूम की ओर ले गए और उसे साफ कर लाए।

खाना खाते समय उन्होंने पूछा—"डाक आई कुछ?"

"नहीं।"

और फिर खामोशी। रोज़ाना वही प्रश्न और फिर वही खामोशी। शादी के बाद छः-सात सालों में जैसे जहान-भर के सारे विषय समाप्त हो चुके थे। शुगर मिल की उस खामोशी में शायद कोई नवीन विषय पैदा ही न हो सकते थे। कारण जो भी हो, इतने वर्षों में दोनों की वाक्‌शक्ति क्षीण पड़ गई थी। एक-दूसरे के गुण-दोष, पसन्दगी-नापसन्दगी—सब ज्ञात हो चुके थे। उस विषय पर चर्चा के लिए कुछ बचा नहीं था। एक-दूसरे के मायके की सारी बातें, साथियों और हमजोलियों की सारी बातें वे जान गए थे और कितनी ही बार कितनी ही बातों पर जी भरकर हँस भी चुके थे। अपने पति के पिताजी और भाई-बहनों का सारा इतिहास उसे इतना रटा हुआ था कि उस पर चर्चा नहीं की जा सकती थी। सामने के भारी-भरकम कारखाने के साये में वे दोनों अपना जीवन बिता रहे थे। कारखाने के बंगलों को छोड़ जैसे उनका जीवन ही न था। पुराने अनुभव अब फीके पड़ चुके थे। और नये अनुभवों का प्रश्न ही न था। एक प्रकार एक-दूसरे के मन में चले रहे द्वन्द्व को वे समझ ही न पा रहे थे।

खाना खाकर साहब 'टाइम्स आफ इण्डिया' लेकर बाहर के पलंग पर जा लेटे। उसने पान लगाया और उनके हाथ में दिया। अखबार पढ़ते हुए उन्होंने रसिकता से पान मुँह में डाला और चबाने लगे। फिर न जाने क्या लगा, कौन जाने, पर वह पत्नी की ओर देख हँसकर बोले—"तुमने नहीं खाया पान?"

शान्त और निर्विकार रूप से सुलभा बोली—"मैं अपने लिए फिर बना लूँगी?"

उसका हाथ अपने हाथ में लेकर वह बोले—"फिर क्यों, अभी लो न!"

और उन्होंने अपनी पान से रंगी जीभ उसके आगे की।

वह अब चुम्बन लेने वाले हैं, यह वह जान चुकी थी, पर उसे इसकी इच्छा न हुई। उन्होंने उसे पास बिठाया और कहा—"पान चाहिए न?"

और वह हंस पड़े और उन्होंने उसका चुम्बन ले लिया। उसके बाद सुलभा उठ खड़ी हुई।

फैक्टरी का भोंपू बोला और वह भी उठकर उसी ओर चल दिए। उनके जाते ही उसने दरवाजा बन्द कर लिया। वह फिर से सोचने लगी। सामने के दर्पण में देखकर उसने गाल पोंछे। उस चुम्बन का विचार कर उसे अटपटा-सा लगा। शादी के बाद पहले लिए और दिए चुम्बन उसे याद आए। बम्बई में आने के बाद परस्पर मिलने वाले शरीर उसे याद आए और सिर्फ ऊब मिटाने के लिए लिये जाने वाले चुम्बन उसे याद आए और उसका मन अजीम घृणा से भर गया। आज का चुम्बन भी उन्हीं में था।

उसके ये विचार चल ही रहे थे और साहब घर के बाहर चले गए थे और उन्हें पहुँचाने वह बाहर पोर्च में खड़ी थी। फैक्टरी के सामने वाले दस-पन्द्रह अफसरों के बंगलों से लोग बाहर निकल रहे थे। दाईं ओर के बंगले में रहने-वाले शिफ्ट इंजीनियर बजाज और उन्हें बाहर पहुँचाने आने वाली श्रीमती बजाज, पीछे के बंगले के केमिस्ट वासवानी और उनकी श्रीमती, बिलकुल पीछे की ओर रहने वाले इलेक्ट्रिकल इंजीनियर मुखर्जी और उनकी स्थूल शरीर वाली और हमेशा हंसते रहने वाली पत्नी—सबकी सब यहां से दिखाई दे रही थीं। फैक्टरी के उसे कम चौड़े और अधिकांश समय एकाकी दिखने वाले रास्ते पर काम पर जाने वाले पुरुषों की भीड़ दिखाई दी और दरवाज़े और खिड़कियों में उनकी पत्नियाँ दिखाई देती थीं। कुछ समय में ही पुरुष फैक्टरी की परिसीमा में अन्तर्ध्यान हो जाते। और पत्नियाँ? वे क्या करती थीं। वे अन्दर के कक्षों में पलंगों पर पड़ी रहतीं या उपन्यास पढ़तीं या फिर आंखें बन्द कर उबाने वाले स्वप्न बुनने बैठ जातीं। यही रोज़ का क्रम था।

खिड़कियों सीकचों में पलंगों पर सोई और उपन्यास पढ़ने वाली स्त्रियों का एक सामुदायिक चित्र उसके मन में बना और वह मानो उन्हीं का एक अदृश्य भाग बन बैठी। उसने दरवाज़ा बन्द कर लिया और पलंग पर जा लेटी। संजीव को आया खिलाने ले गई और चारों ओर खामोशी फैल गई। पलंग पर पहले वह सीधी लेटी और पढ़े हुए उपन्यास का बोझ दाती पर रखकर उसे फिर से पढ़ने लगी। पर ऐसे सोने में उसे अजीब थकान अनुभव होने लगी। धीरे-धीरे स्वप्नों के ताने-बाने तेज़ गति से बुने जाने लगे और वह बेचैन हो उठी। उसने संभलने की कोशिश की, पर उसे इससे और भी अधिक पीड़ा होने लगी। फिर जैसे ऊधमी बच्चे को एक ओर धकैल देते हैं, वैसे ही उसने मन की बातों को धकेल देने की चेष्टा की।

उसे स्वप्न में महसूस हुआ कि वह शुगर फैक्टरी के बंगले में एकाकी स्थिति में है ही नहीं। एक क्षण में वह एकाकी बंगला न जाने कहाँ गायब हो गया और एक बड़े भारी खानदानी बाड़े में रसोईघर में काम करने वाली स्त्री के रूप में उसने खुद को देखा। उस घर में सदस्यों की संख्या बहुत अधिक थी। ससुरजी, सासुजी, देवर, देवरानी, नौकरानी, और भी कितने ही लोग। इधर-उधर चहल-पहल। बाड़े में चौपाये बंधे थे। गो-मूत्र और गोबर की गन्ध सारे बाड़े में फैल रही थी। बाहर के बरामदे में ससुरजी सुपारी काट रहे थे और अन्दर के अंधेरे कमरे में सासुजी राम-नाम का जाप कर रही थीं। एक देवरानी छाछ बना रही थी और दूसरी बाहर के कुएं पर राख से बरतन साफ कर रही थी। और ये कौन बच्चे अन्दर आ गए? दीवार पर बरतनों की लाइननुमा बच्चों की कतारें किसकी हैं? बड़ा चौदह साल का, छोटा माँ का दूध पीने वाला, हमेशा रोने वाला, सिर्फ छः महीने का। चौदह साल और छः महीने, इन दोनों के बीच के और भी कितने ही बच्चे रोते-चीखते, कुरतों की बाँह से नाक पोंछते खड़े हैं। आखिर ये किसके बच्चे हैं? पर स्वप्न में रंगे उसके मन ने उससे कहा कि ये सारे उसके ही बच्चे हैं। इतने सारे मेरे बच्चे?—आधे जाग्रत् मन ने पूछा। इतने में स्वप्न के ये सारे बच्चे रोने लगे। किसी को भूख सता रही थी, कोई खेल में गिर पड़ा था। किसी को अभी नहाना था। अभी तो न जाने कितना काम बाकी था। ससुरजी के नहाने की तैयारी होने लगी थी। पर...

पर क्या? सुलभा को आश्चर्य हुआ। कारण, अब सारे स्वप्न न जाने कहाँ हवा हो गए। अब वह पूर्णरूप से जाग चुकी थी और अपने बंगले में ही थी। वह बाड़ा, वह ससुरजी, वे बच्चे न जाने कहां चले गए थे। खुद ही नाराज़ होकर वह उठ बैठी और पलंग के पास की खिड़की से बाहर झांकने लगी। कारखाने के यन्त्रों की लयबद्ध आवाज़ इतनी दूरी पर भी सुनाई दे रही थी। शेष सब ओर खामोशी थी। दाईं ओर खड़े गन्ने के खेत अजीब-से दिखाई दे रहे थे। और उस खेत के दूसरी ओर नदी के किनारे पानी के इंजिन की भप्-भप् आवाज़ तीव्रता से आ रही थी।

पलंग पर बैठे ही सुलभा ने खिड़की का नीला परदा एक ओर किया और बाहर देखने लगी। एकान्त रास्ते के दूसरी ओर के बंगले में श्रीमती बजाज मुरझाए चेहरे से भारी पलकों से, रास्ते की ओर देख रही थीं। उन्होंने इसकी ओर देखा। और इसने उनकी ओर। बाद में दोनों ही हंस दीं, पर बोली नहीं। आखिर बोलती भी क्या? शादी के बाद के सातों बरसों से वे पड़ोस के बंगलों में ही रहती आ रही थीं। पहले-पहले आपस में खूब बोलती थीं। वहीं की सात-आठ स्त्रियों ने

मिलकर महिला-मण्डल भी स्थापित किया था। इस मण्डल में प्रचलित विषयों पर चर्चाएँ हुई थीं, पत्रिकाओं का आदान-प्रदान भी हुआ था, एक-दूसरे के सौन्दर्य और सम्पत्ति के विषय में दूनकी भी हांकी गई थी। वहां एक-्दूसरे पर वे नाराज़ भी हो चुकी थीं। पर अब बोलने के लिए जैसे कोई विषय ही न बचा था। जैसे वे सभी एक साथ बासी हो चुके थीं।

लौट के पानी से कुल्ला कर श्रीमती बजाज ने पूछा–"कितना बजा है?"

घड़ी की ओर देखकर सुलभा बोली–"साढ़े तीन।"

जम्हाई लेती हुई श्रीमती बजाज बोलीं–"सिर्फ साढ़े तीन ही? मतलब, अभी तो काफी टाइम है।"

नीरसता और अजीब विरक्ति से सुलभा बोली–"और क्या!"

और फिर वे दोनों हंस दीं। श्रीमती बजाज अपने होंठों को गोल बनाती, दाँतों पर ज़बान फैरती हुई हँसी और तब दोनों ने अपनी-अपनी खिड़की के पर्दे खींच दिए।

सुलभा खिड़की से बाहर झांक रही थी। सामने की खिड़की के दाईं ओर के कोने से पलंग पर अस्त-व्यस्त पड़ी हुई श्रीमती मुखर्जी दिखाई दे रही थीं। वह लगातार करवटें बदल रही थीं। उनकी लाइट ग्रीन साड़ी और सफेद ब्लाउज़ और ब्लाउज़ के अन्दर दिखाई देने वाले खूब मोटा, लटकने वाला वक्षस्थल और अस्त-व्यस्त पड़ी होने के कारण उनकी साड़ी से किंचित् दिखाई देने वाला, पुष्ट शरीर का पार्श्व भाग। यह देखकर सुलभा को घृणा हुई और वह पलंग पर जा लेटी। पर पलंग पर भी उसका मन न लगता था। उसे लगा कि वह भी श्रीमती बजाज और श्रीमती वासवानी भी दिखाई देती होंगी। यह सोचकर उसकी घृणा और भी बढ़ गई। खुद के शरीर को देखकर उसे लगा कि वह हड्डियों का त्रिकोण है और उस पर माँस चढ़ा है। वह बेचैन हो उठी।

उस बेचैनी की हालत में सुलभा फिर से खिड़की के पास आई और बाहर देखने लगी। श्रीमती बजाज आरामकुर्सी पर बैठकर ब्लेड से पांव के नाखून काट रही थीं। उनकी ओर देखते ही उपन्यास की नायिका का स्मरण हो गया। निर्जन एकाकी, कमरे में बन्द वह नायिका दिन-भर क्या करती रहती होगी? कैसे समय काट पाती होगी? उसके मन में क्या विचार आते होंगे? इन प्रश्नों पर वह दोपहर से विचार कर रही थी। पर अब उसे लगा, सामने के बंगले की श्रीमती बजाज दिन-भर आखिर क्या करती हैं, कौन-से विचार उसके मन में आते होंगे? उस छोटी-सी कॉलोनी के बंगलों की खिड़कियों के अन्दर सारा दिन बैठी रहने वाली, पुष्ट, मोटे देहवाली स्त्रियाँ क्या उस उपन्यास की नायिका के समान ही समय

बिताती होंगी? सुलभा ने खुद की ओर, ख़ुद के शरीर की ओर देखा और उसे लगा कि वह खुद एक निर्जन किले में कैद की हुई तरुण नारी है। सारा दिन जैसे वह मरणासन्न बनी रहती है, पर रात को साहब के आते ही उसकी ज़िन्दगी फिर शुरू हो जाती है। रात को जिन्दगी शुरू होने वाली है। साहब के सुख के लिए, मनोरंजन के लिए उसे यहाँ कैद रखा गया है। वह साहब के लिए खाना खाती है। उनके उपभोग के लिए उसने अपना शरीर पुष्ट किया है और उसे संभाला है। इन विचारों से वह खिन्न हो उठी। पर एकदम उसने अपने को संभाला और उस दृष्टि से वह दुनिया को देखने लगी। उसे लगा, आखिर साहब भी एक यन्त्र ही तो है—दिन-भर कारखाने में रहने वाले और पैसा कमाने वाले। तब इस यन्त्र को चालू रखने के लिए मेरे जैसे दूसरे यन्त्र की आवश्यकता नहीं है क्या?

साढ़े चार बजते ही सुलभा ने यन्त्रवत् साबुन से मुँह धोया, बालों में फूल लगाए और नई साड़ी पहनी। बाद में चेहरे पर स्मित लाते हुए वह अपने बंगले की बालकनी में आ खड़ी हुई। कारखाने की छुट्टी का भोंपू बज उठा और कर्मचारी बाहर आने लगे। पहली भीड़ छंटने के बाद अफसर बाहर आने वाले थे। उतने समय में उसने आसपास के बंगलों की ओर देखा। बंगलों के पोर्च में और दरवाज़े में वेषभूषा से सज्जित श्रीमती बजाज, श्रीमती मुखर्जी और श्रीमती वासवानी खड़ी थीं। सभी ने उसी के समान बालों में फूल लगाए थे। और उनके चेहरों पर भी बनावटी स्मित थी। उनकी ओर से नज़र हटाकर उसने फैक्टरी के फाटक की ओर देखा। कारखाने की भीड़ कम हो गई। अफसर अलग-अलग बाहर आते हुए दिखाई दिए।

शाम के समय सुलभा की ज़िन्दगी में कुछ गति आई। साहब का चाय और खाना-पीना हो गया। संजीव का लाड़-प्यार हुआ। दोपहर कुछ डाक आई या नहीं, इसकी पूछताछ भी हुई। उसके बाद जीवन की गति फिर से मन्द हो गई। साहब बाहर के ड्राइंग-रूम में बैठकर सुबह का अखबार चाटने लगे और थोड़े समय में ही पड़ोस के मिस्टर वासवानी आ गए। कारखाने के सीज़न के विषय में चर्चा होने लगी। बाद में मिस्टर बज़ाज भी आ गए। दीक्षित और शर्मा भी आ गए। फिर रोज़ाना की तरह ब्रिज की बाज़ी जम गई और सिगरेट के धुएं से सारा कमरा भर गया। सुलभा अन्दर के पलंग पर जाकर लेट गई थी। खाना कुछ अधिक बनाना ही न था। चावल पक रहे थे। दोपहर का कुछ भोजन बचा था। बाहर कहां जाए? वही के वही स्थान, कहीं कोई नवीनता नहीं। वे गन्ने के खेत, वही पानी का कुआँ और वही कॉमन रीडिंग-रूम। किसी से बात करने का प्रश्न ही न था। वही श्रीमती वासवानी और वे ही घिसे-पिटे उबाने

वाले विषय। उसे इसी तरह सोते रहना चाहिए था रात तक–उसी उपन्यास की नायिका की तरह।

रात को साहब का खाना हो चुका और वह आरामकुर्सी पर सिगरेट फूँकते हुए बैठे रहे। इसके रसोईघर का काम खत्म होने की मानो वह राह देख रहे हों। इतने में वह आ गई और उसने बालकनी की लाइट बन्द कर कमरे का टेबल लैम्प जला दिया।

साहब ने फिर अंगड़ाई ली और लोटे के पानी से कुल्ला किया। बाद में पलंग की मसहरी नीचे कर ली और वह दूसरी ओर के सिरहाने पर सिर रख लेट गए।

पर सुलभा अन्दर आती ही न थी। बाहर कुर्सी पर बैठकर वह दोपहर वाला उपन्यास पढ़ने लगी। साहब को अब नींद आ रही थी।

उन्होंने सोते-सोते ही लाइट बन्द कर दी और इस तरह सुलभा का पढ़ना बन्द कर दिया। फिर कुछ देर से वह बोले–"कितनी देर तक जागती रहोगी! अन्दर आओ न!"

बिलकुल मूर्तिवत् वह अन्दर आ गई और उनके पास वाले पलंग पर लेट गई।

उन्होंने फिर सीधा हाथ उसकी कमर में लपेटा और उसे पास खींचकर चुम्बन ले लिया।

चुम्बन की अनैच्छिकता उन्हें अपने-आप ज्ञात हो गई। फिर उन्होंने चिढ़कर पूछा–"तबीयत ठीक नहीं है आज?"

"नहीं, ठीक है।" और उनका हाथ हटाकर बोली–"मेरा आज मूड नहीं है। आपको निराशा होगी।" इस पर वह ज़ोर से हँस पड़े और उन्होंने उसे अधिक समीप खींच लिया।

इसके बाद साहब तो सो गए, पर वह जागती रही। उसे थकावट-सी लग रही थी और कितने ही विचार उसके मन में चक्कर काट रहे थे। उसे लगा कि उसके साहब, इंजीनियर बजाज, पड़ोस के बंगले के वासवानी–सारे पुरुष पैसे कमाने वाले यन्त्र हैं और हम सब स्त्रियाँ–पड़ोस की श्रीमती बजाज, श्रीमती वासवानी, श्रीमती मुखर्जी, ये सब...!

पर इतने में ही संजीव रो पड़ा और सुलभा ने उसे खींचकर अपने पास ले लिया।

"हम सब स्त्रियाँ क्या हैं?" सदा की तरह आज भी यह प्रश्न अनुत्तरित रह गया।

❑

चेतना का एक दिन

दी. वा. मोकाशी

वैद्य बेनी माधवजी को कौन नहीं जानता। जब तांगे में जाने लगते हैं, तब सड़क पर नमस्कारों की झड़ी-सी लग जाती है। इन उग्र, पर गुणी वैद्यजी का सब आदर करते थे और उनसे डरते भी थे।

सत्तर वसन्त देखने पर वैद्यजी औषधालय बन्द करने की बात सोचने लगे और उन्होंने तारीख भी घोषित कर दी। सबको लगा जैसे अब सहारा गया। उनके कई परिचितों ने आकर उनसे कम से कम औषधालय खुला रखने की प्रार्थना की। पर एक बार बात ठहर गई सो ठहर गई, फिर मजाल है कि उसमें गड़बड़ी हो। वैद्यजी ने किसी की भी बात नहीं मानी। औषधि देते समय वह रोगी को कभी न बोलने देते, उनके रोगी भी उनके सामने चुप्पी साधने के मानो आदी हो गए थे।

जैसे-जैसे औषधालय बन्द होने की तारीख नज़दीक आने लगी, वैसे-वैसे रोगियों की संख्या बढ़ने लगी। आखिरी दिन प्रातः 6 बजे से रात्रि के 10 बजे तक वैद्यजी रोगियों की परीक्षा और निदान में लगे रहे।

दूसरे दिन सुबह जब वैद्यजी बैठक में आकर लोड से टिककर बैठे, तब उन्हें कुछ अटपटा-सा महसूस हुआ। बैठक की व्यवस्था में कोई हेरफेर नहीं था। रोगियों के लिए लम्बी गद्दियाँ, लोड, बिलकुल वैसे ही रखे हुए थे। वैद्यजी के दायें-बायें आयुर्वेद के ग्रन्थ और चूर्ण आदि की शीशियाँ भी बिलकुल करीने से रखी हुई थीं। पर जैसे गद्दी और तकिये सुनसान थे वैसे ही शीशियों के ढक्कन खोलने वाला भी कोई न था। कम से कम रोगियों के लिए तो कोई न था।

वैद्यजी का मन अखबार पढ़ने में भी नहीं लगता। उन्हें पसंद थी केवल खामोशी—एक अजीब खामोशी। वैद्यजी का मन गुलामी छोड़ आजादी चाहता था। रोज़ाना रोगियों के आने तक वैद्यजी अखबार की महत्त्वपूर्ण पंक्तियाँ चाट जाते और फिर काम से काम। एक-एक रोगी सामने आता जाता। आज्ञाकारी

शिष्यों की कक्षा के समान सब शांत और खामोशी बैठे रहते। नाड़ी-परीक्षा के समय आँखें बन्द करे वैद्यजी बैठ जाते और निदान लिखा करते।

पहले एक सवाल बिलकुल ठहरा हुआ होता। वैद्यजी सोचने लगते—यदि यह सवाल न पूछा जाता, लेकिन आज तक इसी सवाल के कारण तो इतने सुखी थे। रोगी के सामने आते ही वैद्यजी उससे पूछ बैठते—पैसे लाए हो?

सवाल सभी से होता—नये, पुराने, परिचित, स्नेही, जन, संबंधीजन, सभी से। कुछ लोग इस प्रश्न से घबराते थे—दुःखी होते थे। एक बार वैद्यजी की पत्नी ने कहा भी था—नये रोगियों से भले ही पूछो, पर तुम तो कल साले साहब से ही पूछे बैठे।

—पूछूँगा—हर एक से पूछूँगा। राजा से, रंक से, और राष्ट्रपति से भी। प्रधानमंत्री आएँ तो उनसे भी पूछूँगा। बाद में बिल भेजने का झंझट कौन पाले—कौन वसूल करता फिरे। किसी से काम लेना और पैसे न देना कहाँ की इन्सानियत है। आखिर हम भी तो पैसे चुकाते हैं।

वैद्यजी का कठोरपन सबको मालूम था। वैद्यजी सोचने लगे। निदान करना, रात को जागते रहना, इस पर तो जैसे लोग सोचते ही नहीं। वैद्यजी सोचने लगे—जिन वैद्य महाराज से मैं बीस साल तक ज्ञानार्जन करता रहा, आफतें झेलीं, इस पर तो कोई सोचता ही नहीं। नाड़ी पर हाथ रखते ही वैद्य जी अंदर प्रवेश कर जाते। जैसे नाड़ी का स्पंदन सुनते हों।

लोड से टिकते-टिकते वैद्यजी को एक अजीब संतोष हो रहा था। अनेक आपत्तियां झेलकर वैद्यजी ने वैद्यशास्त्र का पल्ला पकड़ा था। तीन लड़कियाँ अच्छे घर ब्याही गई थीं। एक लड़का सर्जन, अमेरिका रिटर्न और दूसरा सरकारी भूगर्भ विभाग में 1,500 रु. माहवार पर नौकर था।

ज़िन्दगी जैसी चाहिए, वैसी ही थी। बुढ़ापा सामने था। वैद्यजी ने सोचा, ढलती उम्र में एक ग्रन्थ लिखना चाहिए। 50 साल के अनुभव के आधार पर ग्रन्थराज लिखना चाहिए जिससे इस शरह के अलावा सारे भारत के लोग कहें कि एक प्रसिद्ध वैद्यराज हो गया था। उसका लिखा हुआ अनोखा ग्रन्थ....बस अब दिन-भर यही काम। रोग-निदान सोचता और उस पर औषधि-योजना। ज्ञान और अनुभव के आधार पर ग्रन्थ-निर्माण।

नीचे रसोईघर से जुड़ा फोन उन्होंने उठाया और पत्नी से कहा—चाय बनाकर भेज दो ऊपर।

—कितने कप?

—केवल एक। मैं अकेला ही हूँ।

—मैं खुद लेकर आती हूँ।

फोन रखकर हाथ लोड से टिक गए और उन्हें लगा जैसे बेजान-से हो रहे हों। काम एकदम बंद होने से एक अजीब सुस्ती उनकी नस-नस में समाई हुई थी। सुस्ती वह महसूस कर रहे थे। पास की अलमारी में रखी शीशी उठाकर उन्होंने एक चूर्ण निकाला और खा गए और पुस्तक लिखने की बात सोचने लगे।

पत्नी चाय लेकर आई और खाली कप उठाकर चली गई। मुँह और मूँछें पोंछकर वैद्यजी पुराने केस-पेपर टटोलने लगे। इतने में दरवाज़ा खोल एक औरत डरते-डरते अन्दर आई।

वैद्यजी बैठे-बैठे चिल्ला पड़े—सुनो जी, मैंने औषधि देना बन्द कर दिया है। किसने तुम्हें ऊपर आने दिया?

औरत का चेहरा फीका पड़ गया। हाथ की चिट्ठी आगे करती हुई वह उनके पास आई। उसके हाथ की चिट्ठी लेकर उन्होंने गुस्से ही में खोली और पढ़ी। पढ़ते-पढ़ते उनके चेहरे का क्रोध कम होता दिखाई दिया। वह उससे शान्त स्वभाव से बोले—बैठो।

उसके बैठने पर थोड़े समय तक वैद्यजी केस-पेपर पलटते रहे। एक दो पेपर अलग निकालकर रखे।

बीच में ही उन्होंने उसकी ओर देखा। वह पहली बार ही आई होगी। सारी बैठक को निहार रही थी। उसकी साड़ी की ओर वैद्यजी की नज़र गई। साड़ी में कई जगह कई रंगों के जोड़ लगे हुए थे।

कहीं पुरानी साड़ी से सफेद चद्दर खराब न हो, इसलिए शायद वह गद्दी से अलग हटकर दरी पर बैठ गई। वैद्यजी बोले—अच्छी तरह बैठो। वैद्य के यहाँ आकर संकोच कैसा? बस थोड़े-से कागज़ देख लूँ, फिर देखता हूँ तुम्हें।

केस-पेपर देखते समय उनकी आँखें अवश्य शब्दों पर थीं, पर मन में यही विचार चल रहा था कि इसे क्या हुआ होगा। देखते समय ही उनका पीला चेहरा—हड्डियां निकला शरीर—

पर अब उसकी फटी-पुरानी अंगिया भी उन्हें दिखाई देने लगी। अंगिया जैसे उसकी न थी, कारण वह उसके फिट न थी। वैद्यजी को आश्चर्य हुआ—इससे पूर्व रोगी के जाते ही, वह रोगी को याद रखते थे। बिगड़ा शरीर, क्षय, पाँव पर सूजन, बुखार, ऐसी यादें बनी रहती थीं। एक बात और भी याद रहती थी—हाथ और नाड़ी।

नाड़ी पर हाथ रखते ही रोगी का इतिहास बताया जा सकता था। चेहरे अलग, नाड़ी की धड़कन अलग।

हाथ के कागज़ एक ओर रख वैद्यजी ने उसे आगे आने के लिए कहा। गद्दी पर बैठते ही वैद्यजी उसकी नाड़ी-परीक्षा करने लगे।

नाड़ी बोलने लगी। अन्न की कमी है, खून कम हो गया है। दमा अथवा क्षय के चिन्ह भी दिखाई देने लगे हैं। नाड़ी छोड़कर उन्होंने वापस अपनी जगह बैठने को कहा और एकदम मन ही मन सोचने लगे—आज पैसे लाए हो क्या? लेकिन सवाल पूछा ही नहीं। आज नाड़ी-परीक्षा के समय इस सवाल से जो अन्तर हो जाता था, वह हुआ ही नहीं। आखिर क्या बात थी?

वैद्यजी कुछ देर तक लोड से टिककर आँखें मूँदे पड़े रहे। पहले भी वह रोगियों की परीक्षा करते समय बीच-बीच में आंखें मूंदे पड़े रहते थे। उन्हें लगता कि बेचारे सब रोगी उनकी ओर आंखें लगाए रहते हैं, पर निदान खोजते-खोजते रोगी की अवस्था भूल जाते और हाथ औषधि की ओर बढ़ने लगते।

पर आज तो आँखें मूँदने का कोई कारण ही न था। आज उतनी थकावट भी न थी। और रोग भी ऐसा कोई कठिन न था। आज आराम था। एक रोगी के पीछे दूसरा, दूसरे के पीछे तीसरा, इस प्रकार की कोई लाइन भी न थी। आंखें खोलकर वह उसकी ओर देखने लगे। वह उनकी ओर देख रही थी। उसकी नज़र झुक गई, पर उसका देखना जैसे उसके मन की घबराहट का संकेत था। न जाने वैद्यजी कौन-सा रोग बताने वाले हैं?

रोगी का यह डर तो वैद्यजी दिन-रात देखते थे। वैद्यजी सोचने लगे—कौन-सा रोग कहा जाए?

उन्हें अचंभा हुआ कि आज न जाने क्यों आंखें बंद करने पर भी औषधि सूझती ही न थी। सर्पगंधा, त्रिफला, काढ़ा—आज कुछ भी नहीं सूझ रहा। आज तो जैसे उसकी फटी साड़ी, फटी अंगिया, उसके चेहरे का नैराश्य उनकी आँखों के सामने घूम रहा था।

वैद्यजी ने पूछा—पहले किसकी दवाई चलती थी?

—कुछ दिन तक डाक्टर की दवाई लेती रही। अब किसी की नहीं। डाक्टर ने इजेंक्शन दिए। फिर टानिक लिखकर दिए।

—टानिक लिए?

—हाँ, कुछ लिए।

जो वह कह रही थी उसमें कोई अर्थ न था, वह वैद्यजी जानते थे। इंजेक्शन

भी शायद उसने पूरे न लिए हों। वह शायद डाक्टर का बिल भी न चुका पाती हो। सदैव की भाँति इन विचारों से वैद्यजी को क्रोध आया--लोग वैद्य की ओर केवल सस्ती दवाओं के लिए आते हैं—ठीक होने के लिए नहीं—ऐसे समय में वैद्यजी ने उससे दुगुने पैसे लिए होते। पर वह उस पर खीज पड़े।

—तुम्हारा रोग मैं समझ गया—तुम्हारा रोग गरीबी है। रोग का निदान सुनकर इतना घबराया रोगी वैद्यजी ने आज तक न देखा था। जैसे किसी ने थप्पड़ मार दिया हो, वैसे वह काँप उठी। उसने आँचल से अपनी फटी अंगिया ढाँकने का प्रयत्न किया। वैद्यजी भी अपनी स्पष्टवादिता से थोड़े डर-से गए। उन्होंने मृदु आवाज़ में कहा—तुम्हारे पति क्या काम करते हैं?

कुछ देर तक वह कुछ न बोल सकी। फिर बोली—नौकरी करते थे। अब घर बैठे हैं। फिर उसने जल्दी से अलग वाक्य जोड़ा—वह बीमार हैं—दमे से।

वैद्यजी ने पूछा—दवाई किसके लिए चाहिए?

—मुझे।

वैद्यजी चुप। पर कुछ तो पूछा जाना चाहिए।

—कितने बच्चे हैं?

—पाँच।

—लड़का-लड़की कमाते हैं?

—नहीं सब पढ़ रहे हैं।

—फिर कौन कमाकर लाता है?

—मैं ही काम करती हूँ।

—क्या काम करती हो?

—पापड़ बेलती हूँ?

—उसमें घर चल जाता है?

वह कुछ न बोली। नहीं चलता, साफ ज़ाहिर था।

—अच्छा तुम्हें क्या होता है?

—भूख नहीं लगती। कुछ खाती हूँ, तो पचताः नहीं। हर समय हाथ-पाँव थके-थके-से रहते हैं।

—तुम्हारी उम्र तीस के करीब होगी?

—हाँ, उनतीस।

न जानते हुए भी वह बोले—लम्बी ज़िन्दगी है तुम्हारी—तुम्हारे बच्चे भी बड़े होने हैं।

बच्चों का नाम लेते ही रो पड़ी। वैद्यजी जानते थे। उन्होंने उसे रोने दिया और फिर बोले—मैं फिर कहता हूँ कि तुम्हारा रोग गरीबी है। सारा घर तुम्हारे सिर पर पड़ा है। तुम जो काम करती हो उसमें खुद रोटी के लाले पड़ते हैं। गरीबी खत्म करनी चाहिए, फिर तुम बिलकुल ठीक हो सकती हो।

उसने नीची गर्दन किए कहा—बस फिर छुट्टी हो जावेगी। कितने दिन तक मैं टिक सकूँगी? दस कदम चलूंगी और पाँव...

वैद्यजी के सामने रोगी बेकार में बोलता रहे, यह वह सहन नहीं कर सकते थे। उसकी बात पूरी भी न हो पाई थी, वह झल्ला पड़े—सुनो, वैद्य मैं हूँ, तुम नहीं। तुम ज़िन्दा रहोगी कि मरोगी, यह मैं अच्छी तरह जानता हूँ। जब पूछा जाए, तब बोला करो? बेकार में नहीं।

वह रोने लगी। वैद्यजी को दुःख हुआ। वह बोले—मैं जो कुछ कहता हूँ उसे तुम करने को तैयार हो क्या? नहीं तो रास्ता नापो अपना।

उसने गर्दन हिलाई। वैद्यजी बोले—देखो, तुम्हें हिम्मत से काम लेना चाहिए। तुम्हारे पति दमे से पीड़ित हैं। बच्चे छोटे हैं और पढ़ भी रहे हैं। जिन्हें पैदा किया है, उन्हें संभालने की ज़िम्मेवारी तुम्हारी है—इसे तुम कैसे भूल सकती हो। तुम्हारे बाद उनका क्या होगा? वे क्या अनाथालय में बढ़ेंगे।

वह बीच में ही बोल उठी—फिर क्या करूँ?

वैद्यजी एकदम भड़क उठे—बीच में क्यों बोलती हो? अपनी स्थिति सुधारो, यही तुम्हारी औषधि है। फिर औषधि की कोई ज़रूरत न पड़ेगी। तुम्हारे पति का इलाज भी हो सकेगा। उनका मत हर रोगी का जंचता होगा या नहीं, इस विषय पर उन्होंने भी सोचा भी न था। जो कहें, वह सत्य! रोगी माने चाहे न माने। पर आज तो जैसे रोगी का मत बीच में आ जाता था। आज तो जैसे वैद्यजी खुद रोगी का मत जानने को उत्सुक थे। उसके मुँह पर अविश्वास का भाव देखकर वह एकदम बोले—मैं भी तुम जैसा गरीब था। औषधि की दुकान चलाने लगा। शादी पहले ही हो चुकी थी। और पहले मुझे पांच रुपये भी पल्ले न पड़ते थे।

बोलते-बोलते वैद्यजी का गला भर आया। वह अपने बीतें दिनों की स्मृतियाँ याद करने लगे। एक समय खाना खाना, कपड़ों की कमी, बच्चों के कष्ट और न जाने क्या-क्या....

और यह सब कहते-कहते वैद्यजी की आँखों में आँसू आ गए। उन्होंने झट से आँसू पोंछे। यह सब बातें दूसरे आदमी के सामने क्योंकर कह गए, यह वह

स्वयं भी न समझ पा रहे थे। संभवतः उसे समझाने के लिए, और किसलिए?

फिर उन्होंने लोटे के पानी से कुल्ला किया और बोले—कहाँ तक पढ़ी हो?

—मैट्रिक फेल हूँ।

—मैट्रिक क्यों नहीं कर लेतीं?

—कैसे कर लूँ?

वैद्यजी हाथ पटकते हुए बोले—फिर ज़बान चलाने लगीं! सुनो, तुम्हें मैट्रिक पास हो जाना चाहिए। एक साल तक कष्ट से रहना पड़ेगा—दुःख भोगने पड़ेंगे। पर बाद में नौकरी मिलने की संभावना बढ़ जायेगी। आज भी तुम्हें क्या कम कष्ट है, तुम्हारे आगे तुम्हारा लक्ष्य हो, तो कष्ट अवश्य कम हो जायेंगे।

वह अभी तक बेचारी संकोच से दबी जा रही थी। आखिर उससे न रहा गया बोली—पर...।

—पर? पर क्या? पर, परन्तु मैं नहीं जानता। तुम मेरी लड़की जैसी ही हो। मैं क्या तुम्हें गलत रास्ता बताऊँगा?

—नहीं।

—कल से तुम यहाँ रोज़ाना आया करो! आज तुम्हारी सारी किताबें मैं ले आता हूँ। मेरी बहू तुम्हें पढ़ाया करेगी।

वह चुप बैठी रही। वैद्यजी समझ गए कि उनकी बातें उसके पल्ले नहीं पड़ीं। उन्होंने पूछा—तुम्हारा नाम क्या हैं?

—जमना।

वैद्यजी आत्मीयता से बोले—सुनो जमना! मैं तुम्हारे हित के लिए यह बातें कह रहा हूँ। मैं तुमसे एक धेला भी नहीं लूँगा और तुम्हें दवाई भी दूँगा, पर तुम्हें अपने मन में संकल्प करना पड़ेगा—बिना संकल्प के सब बातें बेकार हैं। तुम्हारे पति को मैं दवाई देकर ठीक करूँगा। दावे के साथ कहता हूँ कि दमा के लिए मेरे जैसी दवाई दुनिया में न मिलेगी।

पहले भी वैद्यजी अपनी अचूक दवाई के विषय में आत्मविश्वास से कहते थे, पर कितने रोगी ठीक हुए, कितने दूसरी जगह जाने लगे, इस बात की पूछताछ उन्होंने कभी न की थी और पूछताछ करने का कोई कारण भी न था।

पर आज जमना से बोलते समय उनके मन में अनजाने संशय उत्पन्न हो गया। उन्हें लगा कि उनकी बातें बेकार थीं। आज तक कभी उनके मन में भी जो न आया वही आज रह-रहकर चक्कर काटने लगा। उन्हें लगा, मेरे रोगी वास्तव में ठीक होते हैं या मेरा नाम सुनकर मेरे पास आते हैं। आज उन्हें लगा कि

उन्हें अपने गुणों की बात लोगों को जंचा देनी चाहिए। उन्होंने पूछा—कहाँ रहती हो?

उसके बताने पर उन्होंने पता नोट कर लिया। फिर बोले—तुम अब जाओ। मैं दोपहर तीन बजे तुम्हारे यहाँ आऊँगा। मैं चाय वगैरह नहीं लेता—इसलिए पूछना भी मत, समझीं?

वह उठने लगी। वैद्यजी उसके अनिश्चित मन की बात ताड़ रहे थे। आज पहली बार उन्हें ऐसा रोगी मिला था। वह उठी और मुड़ी। फिर न जाने उसके मन में क्या आया, वह वापस मुड़ी और वैद्यजी के चरण छुए। वैद्यजी के हाथ अनायास ऊपर उठे। उनकी आँखें भीग गईं।

उसके जाते ही वैद्यजी लोड से टिककर पड़े रहे। उनकी बंद आँखों के सामने रोगियों की कतारें घूमने लगीं। उन्हें लगा, जैसे वह एक-एक के हाथ की गाड़ी देख रहे हैं—औषधि लिख रहे हैं—दूसरा हाथ देख रहे हैं।

उस दृश्य को भूल जाने के लिए उन्होंने बन्द आँखों से ही गर्दन हिलाई और उनके सामने एक-एक रोगी अलग-अलग दिखाई देने लगा। एक प्रौढ़ कन्या की नाड़ी देखी, उसका सिर दर्द कर रहा था और फिट भी आते थे—घण्टों वह सोचा करती थी। उससे न बोलते हुए उसे औषधि दी।

पर वैद्यजी सोचने लगे—दवाई की जगह उन्होंने कह क्यों नहीं दिया कि इसका रोग शादी है।

और दूसरा आदमी सामने आया। उसके सिर में आग-सी लगती थी। उसे नींद न आती थी। रात-रात जागता रहता था। उसे भी चूर्ण दिया—काढ़ा बताया। पर उससे कहना था कि भाई महत्त्वाकांक्षा कम रखो। तुम्हारे शरीर से यह न हो सकेगा। काम बड़ा है, पर तुम्हारा शरीर उसके लिए अपूर्ण है।

और एक मोटा आदमी आने पर उससे अनुपान कहा। वह आया तब उसकी दोनों जेबें बादाम से भरी हुई थीं। वह बादाम निकालकर खाता जाता था। उसे भी काढ़ा देने के बजाय कहना था—तुम अपचय पचाया करो।

फिर न जाने कितने रोगी उन्हें दिखाई देने लगे। घर का नाम शांति कुटीर था। एकत्र परिवार, पर सदैव झंझट, झगड़े-फसाद और न जाने क्या-क्या, सब जैसे एकत्र रहने का स्वांग रचते थे, पर जम न पाता था। उन शांति कुटीर के दो आदमी रोजाना वैद्यजी के पास आते। दूसरे एक रोगी के बच्चे अधिक थे और आगे और न हो जाएं इस डर से वह रोगिणी बन बैठी थी।

इन सब रोगियों को दूसरी दवाई देनी थी, उनके मन के विकार हटाने थे। जिन्दगी कैसे बितानी चाहिए—कैसे सुख मिलना चाहिए—यह सब उन्हें समझाना

था। गरीबों को गरीबी से सामना सिखाना चाहिए था। और जो रोग से व्याकुल थे, उन्हें यह बात ज्ञात न थी। उन्हें तो सिर्फ बुखार, सिरदर्द, खांसी ही दिखाई देती थी। उन्हें यह सब बता देना चाहिए था। मुझ जैसे आदमी को उन्हें सारी बातें समझा देनी थीं। उनकी कठिनाइयाँ मुझे दूर करनी चाहिए थीं। जिस लड़की की शादी न हो पा रही थी, उसके लिए लड़का मुझे खोज निकालना चाहिए था, या फिर उसका मन और कहीं लगा देना चाहिए था। झगड़ने वाले परिवार में, स्वयं जाकर सबको इकट्ठा कर समझा देना चाहिए था। और गरीबी से जहाँ रोग थे...

आने वाली औरत उनकी आँखों के सामने आई और उसकी सारी बातें याद आने लगीं। उन्होंने उसे मैट्रिक पास होने के लिए कहा था। पर कहने मात्र से क्या होता है? वैद्यजी के सामने उसका अनिश्चित चेहरा उभर आया। वह वापस नहीं आएगी, यह वह जानते थे। कारण उसे कल की फिक्र थी। वह इसे समझते थे।

वैद्यजी सोचने लगे—केवल निदान करने से क्या होना-वाना? इससे आगे का निदान करना चाहिए। उसका कुछ इन्तजाम करना चाहिए।

वह उठ बैठे, सिर पर टोपी रखी, अंगोछा कन्धे पर डाला, बेंत हाथ में लिया और जीने के पास आकर बोले—सुनती हो, मैं बाहर जा रहा हूँ।

वह सीधे निकल पड़े। रास्ते में आकर तांगे में बैठ गए और बोले—गणेश इण्डस्ट्रीज चलो।

गणेश इण्डस्ट्रीज के फाटक से सलाम लेते-लेते वह अन्दर पहुँचे। उन्हें आता देख, मैनेजर सुखलाल और सब लोग अचंभे में पड़ गए, खड़े हो गए। दरवाजे से वैद्यजी बोले—सुखलाल, एक जरूरी काम से तुम्हारे पास आया हूँ।

सुखलाल आत्मीयता से बोल उठा—आइए-आइए, अन्दर बैठिए

—नहीं, नहीं। मैं जरा जल्दी में हूँ। यह चिट्ठी लो। इस पर एक नाम लिखा है। इस नाम की एक औरत तुम्हारे पास आएगी। उसे तुम कारखाने में काम दे देना। उसका समय 12 बजे के पश्चात् का रखना। तनख्वाह 75 रुपये बतलाना।

वह मुड़े और फिर बोले—तनख्वाह मैं देता जाऊँगा। साल-भर तक उसे काम पर रखना। अच्छा मैं चलता हूँ।

वैद्यजी बाहर आ गए। तांगे में बैठकर उन्हें लगा कि सुबह की थकावट बिलकुल चली गई। पसीना तो केवल जल्दबाजी का था। हवा के झोंकों से उनमें उत्साह का संचार हो रहा था। तांगेवाले से बोले—नये बाजार, शांति कुटीर चलो। ❑

चाँद मेरा दोस्त

शांताराम

जब मैं उठी, तब आधी रात की खामोशी थी। अजीब सन्नाटा-सा था। पर उसे खामोशी भी आखिर क्योंकर कहें? मुझे घर के सब लोगों की साँस सुनाई दे रही थी। किसी दूसरे की साँस या खर्राटे तो क्या, मेरी साँस तक मुझे साफ सुनाई दे रही। सारा मकान साँस की आवाज़ से भर-सा गया था। ज़्यादा क्या कहें, बाहर की सृष्टि की साँस भी मुझे साफ-साफ सुनाई दे रही थी।

तो जब मैं उठी, तब सन्नाटा था। पर मैं सोई ही कब थी? यदि आंखें बंद करने का ही नाम सोना हो, तो कह सकती हूँ कि सो रही थी। वैसे मैं सो नहीं रही थी। उन दिनों पता नहीं मेरी नींद कहां उड़ गई थी! रात के अंधेरे में बाहर अजीब खामोशी होती थी। आवाज़ भी थी, तो मात्र झींगुरों की। घर के सारे लोग सोते रहते थे। मैं अपने पलंग पर पड़ी-पड़ी करवटें बदलती रहती थी। बंद आसांसखों के सामने कभी अंधेरा, तो कभी कोई पुराना प्रसंग नाच उठता था। कभी अजीब-सा दृश्य आँखों के सामने घूमने लगता। फूलों के पर लग गए हैं और वे आकाश में उड़ने लगे हैं, या मैं कशीदाकारी कर रही हूँ और मेरा एक पांव लगातार चिंता में फंसा हुआ है, ऐसे-ऐसे अगम्य दृश्य दिखाई देते थे। कभी लगता कि सब कुछ सपना है, कभी लगता सत्य है। माथे पर पसीना आ जाता, पसीने से गंध आने लगती। कभी-कभी अजीब-सी थकान होने लगती। कभी बेचैन होकर आँखें खुलतीं और बंद हो जातीं। कभी लगता कि कमरे की घड़ी की टिक-टिक आवाज़ के साथ काल बिखर रहा है। कभी लगता, इधर-उधर की आवाज़ बंद हो गई है और काल एकाएक रुक-सा गया है—और इसी तरह रात बीत जाती और पौ फटने लगती—यदि इसी का नाम नींद हो, तो कहा जा सकता है कि मुझे नींद आती है। मेरे कहने का मतलब है, आप नहीं समझ सकते, कारण कि मैं कुछ कहना चाहती हूँ; पर कैसे कहूँ, समझ नहीं पाती। शब्दों की घनी जाली से मेरी भावनाएँ राह निकालने के लिए छटपटा रही हैं, इसे मैं जानती ही हूँ। पर आखिर मैं कहूँ भी क्या?

आपने पूछा–"तुम्हें क्या हुआ था? कैसे हुआ था? क्या और कैसे?" मुझे इन प्रश्नों से डर लगता है। ज़िंदगी जैसी ढलनी चाहिए, वैसी ढलती गई, ढलती जाएगी–उसमें क्या और कैसे? मिट्टी में पड़े बीज का कोंपल में रूपांतर हो जाता है–कोंपल का पेड़ बन जाता है, फूल खिलते हैं, फूल आते हैं, पीले पत्ते हो गए, झड़ भी गए और पेड़ मिट्टी में मिल गया। जो होना था सो हो गया। क्यों और कैसे हो गया–हम कैसे बता सकते हैं? जीवन का अर्थ समझाने और कारण खोजने की शक्ति जिनमें होगी, उनमें होगी; पर मुझमें इतनी शक्ति कहाँ?

मैं इसी तरह क्योंकर चली, उस तरह क्यों न चली, यह बताने वाली कौन होती हूँ? उतना सामर्थ्य मुझमें कहाँ और सामर्थ्य का ज़िक्र भी कैसे करूँ? मैं बहुत कमज़ोर हूँ। किसी बात को करने न करने की शक्ति मुझ जैसी कमज़ोर में कैसे हो सकती है? जिसने जन्म दिया, उसी की इच्छानुसार मैं चलती जाऊँगी, बड़े आदमी की उंगली पकड़कर छोटा बच्चा चलता है, उसी तरह अभी तक मैं भी चल रही हूँ। आखिर वह "बड़ा" कौन है? छुटपन में माँ-बाप और अब आप। कभी-कभी आपकी मूर्ति भी आँखों से ओझल हो जाती है। पर हमारा हाथ पकड़कर कोई हमें चला रहा है, ले जा रहा है, ऐसी भावना मन से निकलती ही नहीं।

हाँ तो, जब मैं जागी तब, या सच पूछा जाए तो अर्ध-निद्रा से जब मैं पूर्णरूप से जागी, तब आसपास की साँसों से मेरा जी घबरा गया। अभी तक मैं सहमी-सी ज़िन्दगी जी रही थी; पर अब तो गज़ब ही हो गया। इससे अब छुटकारा नहीं। मैं अंधेरे में कैसे इधर-उधर देखने लगी। जी उजाले में दिखाई नहीं दिया, वह अंधेरे में कैसे दिखाई दे सकता है! पर अंधेरे में मुझे दिखाई दिया, प्रकाश दिखाई दिया। कमरे की ऊपर वाली खिड़की की दरार से चाँद की किरणें फूट रही थीं। इस किरण को देखते ही मेरी अस्वस्थता कम होने लगी, मुझे खुलापन महसूस होने लगा–मुझे लगा जैसे मेरा शरीर हल्का-सा हो गया हो। चाँद की वह कोमल-सी किरण देखते ही मैं खो गई। लगा कि उस किरण पर चढ़कर सीधे खिड़की की दरार से बाहर निकल जाऊँ। ऐसा क्यों और कैसे लगा, यह मत पूछिए। इंसान की इच्छाएँ कभी एक प्रकार की थोड़ी ही होती हैं। मुझे लगा, छोटी-सी और चाँद की किरणों से राह पूछते-पूछते उसके देश में निकल जाऊँ। पर कैसे होगा? हम सोचते बहुत हैं; पर कितना हो पाता है? इतना समझ लेने पर भी मन में ऐसे विचार क्योंकर आते हैं? पर सोचने पर कोई प्रतिबंध लगा सका है? लगता है कि मैं भी उस किरण जैसी बन जाऊँ और उसी में मिल जाऊँ। फर्क केवल इतना ही तो है कि वह खुले आकाश से मेरे बंद कमरे में आई थी और मैं बंद

कमरे से बाहर निकलकर आकाश से एकरूप होने के लिए उत्सुक थी। लेकिन उस किरण पर मैं चढ़ नहीं पाती। मैं तितली बन सकती थी; किरण का रूप नहीं ले सकती थी। पर मैं बाहर जा सकती थी—मुझे बाहर जाना था।

मैं बिस्तर से धीरे-धीरे उठी। उठने की कोशिश मुझे तनिक भी न करनी पड़ी। पंखोंनुमा एकदम उठ बैठी, बिलकुल सहज मेरे पाँवों में, शरीर में—अजीब हल्कापन आ गया था। इसीलिए दरवाज़ा खोलकर मैं कब बाहर आई, मैं खुद न समझ सकी, फिर आप एकदम कैसे समझ सकेंगे?

मैं बाहर आई और दालान में बाहरी बगीचे में आ पहुँची। वहाँ मैं अलसा गई—कितनी देर, कौन जाने! पर बगीचे में मैं काफी देर ठहरी हूँगी। बगीचे की लताओं से आर-पार जाने वाली चंद्र-किरणों ने ज़मीन पर जो छाया-प्रकाश का जाल बुन रखा था, उसमें मैं उलझ गई। एक बेल की छाँव तले चली गई। मैं खड़ी रही और आश्चर्य की बात, ज़मीन की छाया-प्रकाश का जाला मेरे शरीर पर आ गया। मेरे शरीर पर उलझा हुआ जाला! मैं पांव निकालने की जितनी कोशिश करती थी, उतनी ही उलझ जाती थी। उस जाल से खेलना भी चाहती थी और छूटना भी। इसीलिए शायद उस जाल से निकलने में देर लग रही थी। पर मैं बाहर निकल आई और चमकती चाँदनी में आ गई। मुझे खयाल तक न था कि मैं घर से कितनी दूर चली आई हूँ। ख्याल होता, तो क्या मैं इतनी दूर आ सकती थी। खयाल होता, तो मैं घर से बाहर ही न निकल पाती।

क्या मैं बेहोश हो चुकी थी? कौन जाने मैं! केवल इतना ही समझ पाई कि मैं एक शुद्ध, स्वच्छ, निर्मल चांदनी की दुनिया में आ पहुँच चुकी हूँ। उस जगह पहुँचते ही मेरे व्यक्तित्व का अंग-प्रव्यंग एक अजीब खुशबू से भर गया। चाँदनी की उस सुगन्ध से मैं मग्न हो गई, चाँदनी की खुशबू? आप कहेंगे—वह सुगंध तो रात-रानी की होगी। जैसा आप कहते हैं, वैसे हो भी सकता है। पर आखिर रात-रानी की सुगंध मैं कैसे नहीं जानती। उस रात जिस सौरभ का मैंने अनुभव किया था, वह वास्तव में चंद्र-प्रकाश का ही सौरभ था। मेरे अनुभव का स्पष्टीकरण आप कहां तक दे सकेंगे! जो कुछ मुझ पर बीता है, उसे मैं जानती हूँ, इसीलिए बार-बार कह रही हूँ कि वह खुशबू ज्योत्स्ना की ही थी। मेरे शरीर को गुदगुदाने वाला, सुखदायक, रेशम से भी कोमल स्पर्श चांदनी का ही होता है।

वह स्वच्छ, मुलायम, सुगंधित प्रकाश, मैं जी भरकर भोगती खड़ी थी। अब अस्वस्थता बची ही नहीं, बेकरारी दूर हो गई। दूभरता जाती रही। अंधियारा उड़ गया। अब तो प्रकाश केवल आनंद रह गया—मात्र प्रसन्नता! मैं आनंदमय हो

चुकी थी। मेरे व्यक्तित्व का बोझ हल्का हो चुका था। अब केवल इतना ही महसूस होता था कि मैं आनंदमय हो गई हूँ। प्रकाशमय हो गई हूँ। लगता था कि वस्त्रों का बोझा, शरीर का बोझ खत्म हो गया है। इंद्रियों की संवेदना थी; पर उन संवेदनाओं का बंधन न था। जिस चाँद ने ऐसा जादू कर रखा था, उसकी ओर मैं देख रही थी और मोरपंखनुमा, मेरे सारे शरीर को आँखें आ गई थीं। उन अनंत आँखों से मैं चाँद की ओर देख रही थी। लग रहा था—कितना उसे देखूँ, कितना न देखूँ!

मैं चांद की ओर कैसे देख रही थी, बताऊँ आपको? आप हँसेंगे। सच, आप हँसिए। उस दिन से आपके चेहरे की हँसी डूब गई है। आपका उदास, अस्वस्थ, तप्त चेहरा देखकर मुझे कितना दुःख होता है, क्या आप जान सकते हैं, इसीलिए कहती हूँ, आप हँसिए। चाँद की ओर मैं कैसे देख रही थी, यह जान लेने पर आप हँसेंगे ही। हाँ, आपको हँसना ही चाहिए। हमारा मुन्ना होने पर, जब मैं होश में आई, तब पहली बार उसकी ओर देख रही थी न—बिलकुल वैसे ही, उसी कौतूहल से! हमारे प्रथम मिलन की तृप्ति पर आप जब सो रहे थे, तब जिस समाधान से मैं आपके चेहरे की ओर देख रही थी—उसी समाधान से!

मैंने चाँद की ओर क्योंकर देखा, जानते हो? चाँद का चेहरा मेरी जान-पहचान का था, पसंदगी का था इसीलिए। इसीलिए उस चेहरे की छोटी-मोटी बातें मेरे खयाल में ही न आती थीं। शायद चाँद के खुद के प्रकाश के कारण हो सकता है। मुझे उसके चेहरे के सारे दाग नज़र नहीं आ रहे थे। उसके साफ, तेज़ प्रकाश के कारण उसका चेहरा साफ-साफ दिखाई न दे रहा था। हो सकता है कि मैं लगातार टकटकी लगाए उसकी ओर देख रही थी, इसीलिए उसका चेहरा मुझे साफ-साफ न दिखाई दिया हो। आपको बात कुछ अजीब-सी लग रही होगी। लेकिन वह साधारण हो या अजीब, मैं इसकी परवाह न करती। मेरा जो कुछ अनुभव था, वह मैंने व्यक्त कर दिया, मुझे चाँद का चेहरा जितना दिखाई दिया, वह कैसा था, बताऊँ? बिलकुल आप जैसा इसीलिए तो मेरी आँखें उधर अटकी थीं। चाँद का मुखड़ा देखकर मैं फूली न समाई—लिपट जाने के लिए मैंने बाँहें पसारीं।

आपसे मिलने के लिए अधीर हो उठी, इसीलिए तो मैं झुकी और इतने में ही उस रूपहरे अनुभव पर घनी परछाईं पड़ी। मैं सहम गई। निराशा हुई। वह काली-काली परछाईं किसकी थी, देखने के लिए मैं एक ओर हटी। साक्षात् आप खड़े थे। आपने मेरा हाथ कसकर पकड़ रखा था। मैंने क्या कहा था, याद

नहीं आता। आपने क्या कहा था, वह भी पूरी तरह याद नहीं आता। कहाँ जा रही हो? किधर जा रही हो? क्यों जा रही हो? किसके पास जा रही हो...?" ऐसा ही आप कुछ कहे जा रहे थे। आपने लोहे की ज़ंजीर की तरह मेरा हाथ पकड़ रखा था। आप मुझे घर की ओर खींचे लिए जा रहे थे। आपका ललाट उस रात पसीने से तर हो गया था। आपका स्पर्श मुझे जलन-सा लग रहा था। आपकी आंखें लाल हो गई थीं।

घर आकर आपने मुझझे कुछ न कहकर, मुझे सीधे पलंग पर लिटा दिया था, खामोशी से सुलाने लगे, जैसे छोटे बच्चों को सुला रहे हों। आपके समाधान के लिए मैंने आँखें मूंद लीं। पर सच बताऊँ? मुझे काफी देर तक नींद न आई। आपको सोती हुई लगी होऊँ; पर मैं आपकी गतिविधियों की ओर, हाव-भाव की ओर देख रही थी।

आपने कमरे की बत्ती वैसी ही जलती हुई छोड़ दी। यह जानते हुए भी कि उजाले में बच्चों को नींद आती, मुझे नींद नहीं आती, आपने जानबूझकर बत्ती खुली छोड़ दी। सचमुच बत्ती के चौकीदार की कोई आवश्यकता न थी। आपको अंधियारे का एकाएक इतना डर लगने लगा? हमारे दोनों के सुख का, सुख-सपनों का—हमेशा का अंधियारा आपको डराने लगा? पर मैं आपको दोष न दूँगी। अच्छा हुआ, आपने बत्ती जलती रखी। इसीलिए तो मैं आपके हाव-भाव साफ-साफ देख सकी।

आपने बच्चों की ओर देखा, मेरी ओर देखा और लंबी उसाँस ली। कितनी लंबी और डरावनी उसाँस थी वह! रात के अंधियारे की, खामोशी की, सन्नाटे की चीर-फाड़ करने वाली उसाँस! मेरा कलेजा चीरने वाली उसाँस!

दीवार पर लगे हमारे फोटो की ओर आप बारी-बारी से देखने लगे। हम दोनों के फोटो, बच्चों के फोटो, बच्चों सहित हमारे फोटो—उन फोटो की ओर देखने वाली आंखें शायद गीली हो गई हों। पर आपने आँसुओं को रोकने के लिए आँखों पर हाथ रख लिया। मैंने करवट ली। मेरे आँसुओं से भी तकिया गीला हो गया था, जानते हैं आप?

आपने अलमारी खोली और हम दोनों के एक-दूसरे को लिखे खत एकदम बाहर निकाल लिए। फिर आपने उन्हें बिना पढ़े ही अंदर डाल दिया और सफेद दीवार की ओर शून्य दृष्टि से देखते बैठे रहे।

आप चहलकदमी करने लगे। चहलकदमी करते हुए आप कुछ बड़बड़ा भी रहे थे। मुझे सुनाई न दे रहा था। आपके चेहरे पर बदलते भाव कुछ-कुछ दिखाई

दे रहे थे। आपके चेहरे पर बीच में ही विषण्णता आती थी, बीच में ही क्रोध, बीच में ही उदासी, बीच में ही क्रोध। सच, मैं कुछ भी न समझ पा रही थी। लगा, आपसे लिपट जाऊँ—आपको खामोश करूँ। पर मैं डर गई। आपकी क्रोधित नज़रों को देखकर मैं न डरी थी। मैं डरी थी आपकी आंखों के संशय से—वहम से! आपने मुझे पीटा भी होता, तो मुझे कुछ न लगा होता; पर संशय से भरी आपकी दृष्टि! कितनी टीस थी उन आँखों में! आखिर क्या हुआ था इतना? सच कुछ न हुआ था। जो कुछ हुआ था, उसे बता ही चुकी हूँ। क्या आपको कभी भी ऐसा नहीं लगता? यदि आपको इसका अनुभव होता, तो आप मुझे अधिक समझ सके होते। पर आपको भी क्योंकर दोष दूँ? कमज़ोर, पागल को समझ सकने की बारी आप जैसे समझदार पर मैं क्योंकर लाऊँ?

पर मैंने जानबूझकर ऐसा कुछ न किया। चाँदनी क्या मैंने पहले देखी न थी? चाँद क्या पहले मैंने कभी देखा न था? आप कहेंगे, क्या है आखिर उस चाँदनी में? क्या है उसमें? सच कुछ नहीं होता।

आप स्वस्थ होने पर सोने के लिए आए। आपने पहले टटोल लिया कि मैं सोयी हूँ या नहीं और आपने बत्ती बन्द कर दी। शायद आपको गर्मी लग रही थी। सच पूछा जाए, तो उस समय हवा में ठंडक आ गई थी। पर आपको शायद गर्मी महसूस हो रही होगी, इसीलिए आपने खिड़की खोल दी। हवा का झोंका अपने शरीर पर लेते हुए आप सो गए। मैं जागती ही रही। आपने जो खिड़की खोली थी, उससे मुझे चाँद साफ-साफ दिखाई दे रहा था। उसके खुतराए चेहरे की ओर देखना मुझे रुचता न था; पर आपको खिड़की खुली चाहिए थी। चाँद के उस मोटे-भद्दे चेहरे की ओर देखना मुझे ठीक न लग रहा था। पर आपकी खोली खिड़की बंद कर देने की हिम्मत मुझमें न थी—साहस ही न होता था। मैं कमज़ोर हूँ, यही बात सच है।

❑

लाल घाटी की हवा

एकनाथ विश्वनाथ जोशी

लाल घाटी के इस गाँव का नामकरण अभी हुआ ही न था। और गाँव भी क्या था, बीस-पच्चीस घरों की आबादी। ऊबड़-खाबड़ बस्ती। उसकी पश्चिमी हद से मौलसिरी के पेड़, खेत और जंगल शुरू हो जाते। और इनकी बनावट भी कुछ ठीक थी। दिन-रात हवा से संघर्ष करने वाले हद के मौलसिरी के पेड़ के पास लकड़हारों और आरे वालों की टपरिपयाँ थीं। पास में खुली सुनसान जगह और फिर कुछ एक-दूसरे से सटे हुए मकान। दूसरी ओर एक-दूसरे से छिटके हुए मकान—ज़्यादातर लकड़ी की छत वाले और इने-गिने दो मंज़िलों वाले। उनके बीच टूटी-फूटी, आड़ी-तिरछी सड़क। गाँव की यह सड़क रेलवे लाइन को देखती हुई चली जाती—ट्रक्शन केबिन के पास उसके शरीर के नीचे से गुज़रती। डबल इंजिनवाली गाड़ियाँ कुछ रुकने जैसी होतीं और फिर अपनी चाल चलने लगतीं। मालगाड़ियां कुछ अधिक देर रुकतीं और लकड़ियों से भरे वैगन लेकर चलती बनतीं।

काम-धन्धे के लायक आबादी थी और वह भी ऊबड़-खाबड़ सड़क के किनारे। दोनों ओर चाय-पकौड़ियों की दुकानें। गाँव के शुद्ध घी में बनने वाली चीज़ों के कुछ होटल भी थे। उनमें ठहरने और खाने का भी इन्तज़ाम था। एक दुकान पर झटके का माल बना करता। शुद्ध शाकाहारियों के लिए भंवरलाल का ढाबा। रंगीन और नये मॉडल की कारें, पुरानी बसें, घाटी चढ़ते थकने वाली ट्रकें यहाँ ठहर जातीं और सारे होटलों का माल चाट जातीं। शाम के समय घाटी उतरना खतरनाक जान ट्रक ड्राइवर, छोटे-छोटे धन्धेवाले, अमीर कारवाले यहाँ रुक जाते। यहाँ के होटल में पेटभर खाना खाकर बाद में आराम या पीने के लिए इधर-उधर फालतू मकान टटोलते फिरते। कभी-कभी रात के सन्नाटे में हद की मौलसिरी और झाड़ियाँ खिल उठतीं और घाटी की साफ हवा को अपनी खुशबू से भर देतीं। जालीदार टहनियों पर मुस्कराता चाँद धुंधला दिखाई देता। और फिर इन अतिथियों और आने वालों का दिमाग बिगड़ जाता।

दिमाग से काम करने वाला सिर्फ भंवरलाल था। इस मामले में उसे कुछ ऐसी खानदानी आदत थी कि पैसे के सिवा उसके दिमाग में दूसरी बात उतरती ही नहीं थी। नौकर से रोटी पकवाना, हिसाब खुद करना और खुद की बेटी से खाना परोसवाना। रामप्यारी परोसने आई कि ग्राहकों की आँखें भूख से व्याकुल हो उठतीं। हाथों में पसीना आ जाता। खाना खाते-खाते बातें चलतीं और साथ में हँसी-मज़ाक हद से बाहर हो उठता। पर रामप्यारी वैसे साफ दिल की थी। वह खिलखिलाकर हँसती और घाटी की हवा की तरह सबको नचाकर अन्दर भाग जाती। फिर खाने से उनका पेट ही न भर पाता। हाथ धोने पर भी वे फिर आ जाते और उठने का नाम ही न लेते।

और यहाँ से उठकर सीधे किशना के होटल चल देते। वहाँ और दोस्त बैठे मिलते। वहाँ भी पान, बीड़ी, सिगरेट और खुले पैसे खतम होने तक रामप्यारी के विषय में गप-शप होती—"रामप्यारी के क्या हाल हैं, भाई?"

"यानी यह कहता था वह सच, वह कहता था, वह झूठ?"

"यानी उसे भगा ले जाओगे, ऐं? फिर सभी बस्ती बदनाम हो जाएगी। सब झूठ है। एकदम झूठ। सफेद झूठ। अरे, सत पर ही तो दुनिया चल रही है।"

"अरे, तो फिर वह कौन है...? कभी-कभी दिखाई देता है...। कहते हैं, कैदखाने में है।"

"अहा हा! और कैदखाने से इधर हवा खाने आता है! क्यों? अरे, साला यहीं का होगा कोई। स्टेशन वाला भैरा या साइकल वाला रम्मू...।"

"नहीं यार, हरखू पटेल होगा...।"

"कोई भी हो, है तो अपने गांव का ही। खूब लाज रख ली......। वाह रे गब्बू! शाबाश!"

मतलब यह कि रामप्यारी शर्म न जानती थी और बेशर्म उसे कहा न जा सकता था। पर आस बड़ी बलवान है। वह कितनी ही टालमटोल करती रहे, पर होगा आखिर यही। सब लोगों का ख्याल था कि एक न एक दिन गुल खिलकर रहेगा। हरेक राह देखता था इतने दिनों से।

चार-पाँच महीनों पहले भंवरलाल यहाँ उतरा था। बात केवल इतनी थी कि कभी न ठहरने वाली मेल उस दिन यहाँ रुक गई। उसे लाइन क्लियर देकर भैरा केबिन के खुले ज़ीने से नीचे उतरा। ज़ीने में गड़बड़ा गया और देखता रहा।

भंवरलाल के पीछे रामप्यारी खड़ी थी। गोरी-चिट्टी, पर ठिगनी। गोरी कलाइयों से ओढ़नी ऊपर कर रही थी।

हाथ की सिगरेट रम्मू सुनार ने फेंक दी और मौका देखकर भैरा के कान के पास आकर बोला—"देखता क्या है मुँह फाड़कर! टिकट पूछ।"

पास जाकर भैरा ने पूछताछ की। टिकट न थे, पर भंवरलाल गरीबी से, दीनता से हँसा, अचानक पीछे खड़ी लड़की पर झल्लाया और फिर वह भी हंस दी और सिर पर दो गठरियां रख दोनों निकल गए।

भैरा का कहना था कि सारी बातें हरखू पटेल को न बतलानी चाहिए। अपने-आप मालूम पड़ जाएगा। पर रम्मू का दिल न मानता था। सवाल उठा—क्या किया जाए? बिना बात बिगड़े क्या किया जा सकता है?" पाँच-सात दिन इसी में बीत गए और भंवरलाल फिर आया। केबिन के पास की स्लीपर्स की लड़की माँगने लगा। भैरा मना न कर सका। शाम को लकड़ी के साथ पुरानी बालटियाँ और घड़े भी ले गया।

भंवरलाल दिमागी था और हिम्मत वाला भी। कहीं भी जाता, तो दीनता से हँसता रहता। कभी-कभी लड़की को भी साथ ले जाता। किशना के होटल से कुछ बरतन उधार ले लिए। हरकू पटले से पैसे उधार लिए। पटे, थालियाँ, कटोरियाँ, सब चीज़ें जुट गईं ओर ढाबा खुल गया। शुरू-शुरू में दो-चार ग्राहक थे, तो अब सात-आठ हो गए थे। उनके अलावा आने वाले पैसेंजर थे ही।

ढाबा खूब चल निकला। रामप्यारी का खुले दिल का व्यवहार और खुली हंसी के कारण संकोच जाता रहा। चुपके से देखने और बातें करने की शर्म भी जाती रही। मज़ाकी रम्मू सुनार दोस्तों को पसन्द आने वाली भाषा में बातें करने लगा। ऐसी सुन्दर हवा में पहले अर्थहीन लगने वाली भाषा अब काफी लोकप्रिय हो उठी। रायते की ज़रूरत होने पर आवाज़ लगती—"हाँ...इकसठ-बासठ, रायता आने दो...!" घी की ज़रूरत होने पर आवाज़ लगती—"दिल खोलकर परोसो...रोटी को ही लगेगा!"

पर केवल बातचीत से कहां तक पेट भरा जा सकता था! एक दिन भैरा बोला—"साली इतनी-सी तो है! मन करता है, झड़पकर कसकर पकड़ लूँ!" प्रयत्न कई लोग कर रहे थे। उसमें भी अलग-अलग चालें निकाली जातीं—देरी से आना, सबके चले जाने पर भी ठहरकर जाना, फिर धीरे से नोट निकालना...। एक बार ऐसे ही रंगीन कपड़ा आया। हरी चप्पल आई। एक बार बनारसी साड़ी आई। इन चीज़ों को लेते समय नाज़ुक हाथ कांपने लगता। गरदन मना करने लगती, तो भंवरलाल झल्ला उठता—"क्या करूं, रांड को गिराहकों की परवा ही नहीं है...!"

किसकी परवा थी और किसकी न थी? खुशी-नाखुशी, इच्छा-अनिच्छा किसके लिए?

...कुछ समय न पड़ता। इसी चक्कर में हरखू कुछ दूसरे ढंग से काम कर गया। वह ऐसा गया कि दो दिनों तक खाना खाने ही नहीं आया। दो-तीन दोस्तों ने पूछताछ की, पर पहले बोला ही नहीं। आखिर होटल में चाय पीते हुए सब उगल गया। यानी गलती उसी की थी। लोगों को चकमा देकर देरी से पहुँचने का कारण क्या था? गया तो गया, पर इतना खा गया कि सिर ठिकाने न रहा। जाते-जाते रुक गया। क्या बोले, सूझता न था। देरी होने लगी। और पागल जैसे सीधे उसके कन्धों पर हाथ रख दिए। उसकी आँखों में आँसू आ गए। कन्धे पर रखे हाथ उसने धीरे से होंठों से लगा लिए। फिर उसी की जेब में रख हँसती हुई चली गई।

सारी बातें सुन दोनों दोस्त खिलखिलाकर हँस पड़े। फिर रम्मू बोला—"हत् तेरी की! बस इतने के लिए ही इकसठ-बासठ...ऐं...?"

"खोल दे जेब। चाय बोल तीन डब्बल।"

"पर उस पर मैं....यानी...झूठ लगता है तुम्हें? उसे साथ में भगा भी ले जाऊँगा...भगवान कसम!"

"बस, भाग जाओगे उसके साथ! अरे, उसे खूब जानते हैं हम। ऐं! उसे कुछ शर्म भी है? पर बात सच है...कभी न कभी...किसी के साथ...ऐसा ही होकर रहेगा!"

और आखिर ऐसा ही हुआ। चार महीनों बाद जो न हुआ था, वह हो गया। प्यारी को किसी ने फंसा लिया, फिर वह किसी के साथ भाग गई।

बात गाँव-भर में फैल गई। रम्मू ने साइकल की बालट्यूब वैसी ही छोड़ दी। पहिये की हवा सीटी बजाती निकल गई।

रम्मू दुकान से नीचे उतरा। सीने पर हाथ रखे खड़ा रहा। सीने में अजीब धक्का-सा लगा था। पेट दर्द कर उठा। रम्मू को लगा कि मेरे जैसी हालत औरों की भी होगी। इतनी ही उसे तसल्ली थी। भैरा को कुछ सूझता ही न होगा। गाड़ियों के हिसाब में हलकू गड़बड़ी कर जाता होगा। तीनों ने एक साथ दिल लगाना शुरू किया था। इसके अलावा और भी लोग होंगे। होंगे ही, सबके नाम किसे याद!

पर ऐसी बात का पता कल ही पड़ जाना था। कल साइकलें देरी से आईं और खाना खाने न जा सका। किसी ने कहा था—"कल प्यारी नहीं दिखाई दी।"

यानी कल से गायब है?...रात-भर?...राम-राम, कैसी लड़की है! अब क्या दिखता होगा?...रम्मू ने मिनट-भर आँखें मूंद लीं। उसे अचम्भा हुआ। इतनी बार देखने पर भी मुखड़ा ठीक तरह से दिखाई न देता था। सिर्फ उसकी चितवन याद आती थी। फिर उसे कोई पकड़कर ले गया? अच्छा हुआ। ऐसा ही होना था। एक विचित्र डर से छुटकारा मिल पाया। पर भगा ले जाने वाला कौन था? उसे भगा ले जाना क्या मज़ाक है? फिर कहीं वह उल्लू का पट्ठा और तो नहीं? या हलकू पटेल..., यानी इन हरामज़ादों ने आखिर...और रुकना सम्भव न था। जेब से निकाली सिगरेट रम्मू ने वापस जेब में रख ली और सीधा केबिन की ओर चल दिया।

भैरा वहाँ न था। कल रात ड्यूटी पर भी वह न आया था। अब तो रम्मू ने सिगरेट जलाई। कश खींचते-खींचते वह रम्मू के लिए निश्चित गालियाँ सोचने लगा–डाकू कहीं का!...लुच्चा...! बदमाश...! अधजली सिगरेट वहीं फेंककर फिर चल दिया।

किशना के होटल में भैरा बैठा था। इस दुनिया में किसी के साथ भलमनसाहत न करनी चाहिए, सही सच है। और भलमनसाहत की याद भी न करनी चाहिए। पर सच बात कौन निभा सकता है? गधे का बच्चा जब यहाँ उतरा था, तो बिना टिकट! फिर बेफिक्री से स्लीपर्स भी ले गया। चोरी के लिए उसी समय पकड़वा देता, तो? हरखू ने कितनी बार पैसे उधार दिए। मैं न कहता, तो देता वह? और वह इतना करने पर भी कुछ माँगना गैरवाज़बी न था। किसी प्रकार का छल न था। उसके गोरे-गोरे और कोमल हाथ! एक अजीब चितवन! उसका हँसना, मुसकराना, मटकना! क्या माल था! एकदम गुलाब जामुन! एकदम पूरा उठाकर मुँह में डाल लेना था!

मुँह में सिगरेट थी। कितनी ही जलकर खाक हो चुकी थी। पर दंगे की बात दिल में कांटे-सी चुभ रही थी। सामने रम्मू आता दिखाई दिया। भैरा चिल्ला पड़ा–"क्यों रे बदमाश...!"

"क्या है रे! तेरी वो..."

"प्यारी...तेरी माँ!"

"तेरी दादी! भाग गई किसी के साथ...!"

"हाँ, एक दिन भागने वाली ही थी। अपने को क्या...!"

"पर आखिर वह है कौन? किसके साथ भागी? अपने हरखू के साथ?"

"हरखू? अरे, वह क्या जाने! कालेज में रहकर भी कुछ न कर सका..!"

बात तो सच है। कालेज की प्रेमलीला समाप्त हुई और हरखू का दिल बैठ गया। पढ़ाई में मन ही नहीं लगा। पटेल को बात सहन न हुई। खानदान में वही इतना पढ़ा था। और उसमें यह हाल! हरखू का कालेज उसी दिन छुड़वा दिया गया था।

दोपहर के तीन बजे थे, फिर भी हरखू बिस्तर में पड़ा था। नींद न आती भी। मैगजिन की कहानी में मन न लगता था। हिसाब करने लगता, तो गलतियाँ कर बैठता। दिल बेचैन था। आखिर प्यारी कैसे चली गई?

आखिर वह एक दिन जाने वाली ही थी, इसमें किसी को शंका न थी। पर शंका थी हरखू को। फिर उसने ऐसा क्यों किया? क्या कारण था? कुछ समझ न पड़ता था। प्यारी चली गई, फिर भी हरखू के मन में शंका बनी रही। हरके परेशान हो गया।

दरवाज़े पर थपकी हुई। सोते-सोते हरखू बोला—"अम्माँ, आज बरतन नहीं हैं और कपड़े भी नहीं हैं...।"

दरवाज़े पर फिर थपकी हुई और हरखू चिल्लाया—"बुढ़ियाऽऽ अब..."

"बुढ़िया नहीं, जवान हूँ।"

हरखू को लगा, जैसे किसी ने जलती लकड़ी छुआ दी। हड़बड़ाकर उठ बैठा। दरवाज़ा खोलकर पीछे हटा, तो अचम्भे में पड़ गया।

रामप्यारी अन्दर आई। दरवाज़ा लोटकर पल-भर वहीं खड़ी रही। एकदम बदली हुई प्यारी। धुली और साफ की हुई राजस्थानी तसवीर। पाँच गज़ की साड़ी की जगह नीले साटन का घेरदार घाघरा। पीठ पर बन्द लगी अंगिया और लाल-पीले धब्बे वाली ओढ़नी—रणछोड़जी के मन्दिर में नाचने जैसी। ठेके के साथ आगे आई और कुरसी पर बैठ गई।

आँखों में तनिक आँसू, पर निस्संकोच। किसी बात का डर नहीं। मुँह पर अजीब मुसकान। अजीब घायल करने वाली आँखें। कितने दिनों से बन्द प्यारी आज बाहर आई थी।

अचम्भा समाप्त न हुआ। पर देख भी न सका।

धीरे से वह बोली—"थोड़ा काम था तुझसे, इसलिए तेरे पास..."

उसने चमककर ऊपर देखा और वह 'तेरे' शब्द की बात समझ गई। हँसकर बोली—"तुझसे बड़ी हूँ मैं, पर छोटी दिखाई देती हूँ। है न? अच्छा, ज़रा मेरा हिसाब तो कर दे...यह ले कागज़।"

उसने कागज़-पैन्सिल हाथ में ले ली। मतलब की बात वह कभी न कर

सका था। कहने के मुताबिक हिसाब करने लगा। एक आदमी का दस-बारह महीनों का हिसाब। खाना-पीना, कपड़ा-लत्ता। फिर चार महीने किए काम का हिसाब। गुणा, बाकी और उत्तर निकालने तक प्यारी ने अंगिया की जेब से एक कागज़ का टुकड़ा निकाला।

"कितनी रकम हुई?"

"एक सौ पैंतीस रुपये।"

"बराबर है।"

हिसाब होने पर वह कुछ देर ठहरी। वह कुछ भी न बोल रहा था। वह उठ खड़ी हुई। नमस्कार कर हंसते हुए जाने को हुई। दरवाज़े तक गई और हरखू की तन्द्रा टूटी।

"रामप्यारी..."

वह ठहर गई। आधा दरवाज़ा खोलकर बाहर देखते हुए खड़ी रही।

"रामप्यारी, तुम जाओगी?"

"हाँ।"

"कहाँ?"

"कहां यानी? मेरे...यानी अपने गांव।"

"पर लोग-बाग तुम्हारे बारे में क्या कहते हैं, जानती हो?"

मुँह पर नाखुशी-सी दिखलाई दी। पर फिर उस प्रश्न के उत्तर में वह खुद ही बोल पड़ी–"लोग ऐसे ही होते हैं। चिकनी चीज़ देखकर दबोच लेने की फिराक में रहते हैं। कोई औरत दीख जाए, तो पागल जैसे उसकी ओर दखते हैं। पर उन पर गुस्सा होने से क्या होगा और मुझे उनसे क्या मतलब? जो कुछ चाहिए, वह सब है मेरे पास। लोग कुछ भी कहते रहें। मैं तो चली...।"

"यानी...अकेले ही?"

"ऐं...अकेली क्यों? गाड़ी में तो बहुत लोग होते हैं!"

"रामप्यारी, पहेली क्यों बुझाती हो! मैं किसी बुरे इरादे से नहीं पूछता। भगवान कसम...।"

कसम से उसका दिल पिघला गया। अच्छा लगा। और आँसू भी आ गए। हाथ पीछे कर वह दरवाज़े से टिककर खड़ी हो गई। डबडबाई आँखें एक बार बन्द कीं और फिर खोलीं। फिर उसकी ओर देखकर बोली–"हरखू, हिसाब तो मेरे पास था। पर लगा कि तेरे पास जाऊँ। तू इतना आवारा न था। उस दिन

तेरी आँखों में आँसू देखे और दिल पिघल गया और सारी बातें याद आ गईं। लगा कि सारी बातें कह दूँ तुझे। पर अब क्या....अब सब हो चुका। मैं तो चली...।"

"यानी जाओगी ही?"

"बिलकुल।"

"और भंवरलालजी?"

"हां। बाप है मेरा, पर पैसे के लिए सब कुछ करता है। मैंने शादी तय की, पर पैसे के लिए उसने बिगाड़ दी।"

"ऐं? शादी हो गई तेरी?"

"हां...यानी कहो तो हो गई...कहो तो...पर मुझे होने जैसी लगी, इसलिए हो गई...।"

वह बीच में ठहर गई। उसे लगा, क्योंकर वह बोली? इतना बोल गई, बस। ओढ़नी आगे कर हाथ पोंछे। बिंदिया को बचाकर मुंह पोंछा। "अच्छा, हरखू, शाम की पैसेंजर से जाएंगे हम। स्टेशन पर आना। और सुनो, बुढ़ऊ की कोई फिकर नहीं। आएगा एक न एक दिन मेरे पास...!"

वह चली गई। जाते समय बन्द दरवाज़ा हवा से फिर खुला और खिसर-पिसर करता रहा।

बिस्तर से टिककर हरखू पड़ा रहा। मन में बेचैनी हुई। ऐसा व्यवहार लोग कैसे कर जाते हैं! किसी के बारे में निराधार तूफान लोग क्यों खड़ा करते हैं! मुँह पर धूप पड़ रही थी, फिर भी बिस्तर में पड़ा रहा। कुछ देर आँख लगी। फिर ग्लानि निकल गई। फिर शर्म भी लगी। खुद की शर्म...सबकी शर्म...इतने दिनों से दबी शर्म। वह उठा। हाथ-मुँह धोया। फिर "अरे, देर हो गई क्या!" कहते हुए बाहर निकल पड़ा।

शाम की धूप टल गई, पर पहाड़ों पर कुछ बाकी थी। कुछ पेड़ों पर छनकर आ रही थी। मौलसिरी की छाँह में तीनों ठहरे हुए थे। भंवरलाल बके जा रहा था। हाथ-पाँव नचाकर झगड़ रहा था। उसके सामने खड़ा था एक सांवला-सा ऊँचे कद का आदमी—एकदम चुपचाप। बीच-बीच में एकाध शब्द कह देता था। रामप्यारी का किसी को ओर भी ध्यान न था। एक गठरी पर वह आराम से बैठकर दूर एक भीड़ की ओर देख रही थी। बीच-बीच में ओढ़नी मुँह पर रख हंस भी देती थी। ऐसे ही लोग उसकी ओर पागल जैसे देखते रहेंगे, इसे वह जानती थी, फिर भी उसे हँसी आ रही थी।

धूप खत्म हुई। कुछ देर तक तेज़ हवा चलती रही। मौलसिरी की खुशबू केबिन तक पहुँची।

पैसेंजर आने का समय होने लगा। झल्लाया हुआ भंवरलाल बके जा रहा था और रामप्यारी का आदमी अभी भी चुपचाप खड़ा था। बुढ़ऊ की ओर दोनों ही ध्यान नहीं दे रहे थे।

दूर खड़े आदमी पास आ गए ताकि तमाशा पास से देख सकें। आउटर सिगनल गिर गया। जल्दी मची। प्यारी का आदमी उसकी राह देख रहा था। अपना लम्बा कोट ऊपर उढ़ाते हुए उसने जेब से नोटों का बण्डल निकाला, फिर कड़े स्वर में बोलने लगा–"ये लो सारे पैसे! अब प्यारी मेरी हुई। उसे जितने दिनों तक खिलाया, उसके भी पैसे ले लो। इतने जंटलमेन लोगों के सामने दे रहा हूँ। और सुनो, इतने दिनों जेल काटकर आया हूँ...और कोई फसाद खड़ा मत करना, कहे देता हूँ।"

रेल की पटरी पर खड़े लोग दूर हो गए। गाड़ी आ गई। गाड़ी का जीना प्यारी के पास आकर रुका। प्यारी को गठरी के साथ डिब्बे में पहुँचकर उसका आदमी खुद भी गाड़ी पर चढ़ गया। घाटी की हवा की माफिक गाड़ी सूँ-सूँ करती हुई निकल गई। एक धुएँ का धब्बा वहीं रह गया जो लोगों और सारी बस्ती के सिर पर फैलने लगा।

❑

जल की मछली

जयवंत दलवी

पाली हिल के करीब मायकेल का अच्छा-खासा मकान था। पर अब वह काला-कलूटा और अजीब-सा दिखाई देता था। पहले वाले लाल-लाल खपरैल पर आठ-दस दिन की दाढ़ी जैसी काई बढ़ आई थी—सूख भी चुकी थी, और दीवारों में जगह-जगह चट्टे-से पड़ गए थे।

मकान के सामने वाले बगीचे से एकाध दूसरा पेड़ तक हेलन की याद से खड़ा न था। सब कुछ हेलन के साथ ही चला गया था। पहले वाले बगीचे में अब चारों ओर पगडंडियाँ-सी बन गई थीं। उस मटमैली—उबड़-खाबड़ ज़मीन पर पाँव से छोटा-सा गड्ढा खोदकर एक लावारिस कुतिया, तन सिकुड़ाकर पड़ी रहती थी, मायकेल के पाँवों की आहट आते ही, आँख ऊपर कर देखा करती थी, और उसका अस्तित्व भूलकर फिर आंख बंद कर लेती।

मायकेल ने दूर से उस मकान की ओर देखा। उसे कुछ न लगा। कारण वह जब तक इसी तरह देखा करता था। क्या देखना और क्या सोचना? जैसे कमर तक पानी में धीमी-धीमी चाल से कदम बढ़ाए जाएँ, उसी तरह वह घर की ओर आ रहा था। टूटी डालीनुमा उसके हाथ लटके हुए थे। और मुँह में लगी कृत्रिम बत्तीसी को घड़ी के टिक-टिक जैसे बजाते हुए वह खुद को आगे धकेले जा रहा था।

"अर्ली विण्टर टाइम, मॅन!" कोई जाते-जाते बड़बड़ाया।

"येऽऽस् मन!" मायकेल बोला ज़रूर, पर वह न समझ पाया कि वह किससे बात कर रहा है। समझने की कोई कोशिश भी उसने न की। जेब से रूमाल निकालकर उसने अपनी नाक पर फिराया। नाक कुछ गीली हो गई थी। होंठ और नाक की नोक सुन्न पड़ गए थे, जैसे उन पर बर्फ की सिल्ली रख दी हो। और सारे बदन की हड्डियाँ बिलकुल ठुठरा गई थीं। फाटक के अन्दर आते ही उसने आदतन चुक्-चुक् आवाज़ की, पर वह कुतिया उठी ही नहीं। वह मरी-सी सो रही थी।

बड़ी तकलीफ से एक-एक सिड्ढी चढ़कर मायकेल ने ताले में चाबी घुमाई। और उसके कानों पर आवाज़ आई, "बीवी-बच्चों वालों के लिए एक कमरा नहीं मिलता और ये बुड्ढा अकेला भूत जैसा इस बंगले में रहता है।

किसकी आवाज़ थी?

उसका मुँह एकदम ताले जैसा खुला रहा। और कनपटी थर-थर कांपने लगी। उसने मुड़कर पीछे देखा। रास्ते पर सरकते दो सफेद ढिपके नज़र आए। पर समझ में न आया। उसकी बरूनियों ने सिर्फ फड़क-सी की, ठीक वैसे ही जैसे पहली बार पिल्ला उठने की कोशिश में पंख फड़फड़ाता है।

बुड्ढा...अकेला...भूत जैसा...

दरवाज़ा खोलते ही दराज़ से अन्दर आए पेपर पर उसका पाँव पड़ा। पेपर उठाकर उसने टेबल पर रखा और उस पर वज़नदार ताला रख दिया। किचन में जाकर उसने ब्रेड की एक स्लाइस उठाई और बाहर की कुतिया पर फेंक दी। गर्दन को एक झटका-सा देकर कुतिया ने टुकड़ा खा लिया और लंगड़ाती-लंगड़ाती बाहर निकल गई।

"व्हेरी मीन!" गालियाँ देते हुए, मायकेल कुर्सी पर बैठ गया। खाती है, पर याद नहीं रखती। पेट में डबलरोटी का टुकड़ा पहुंचते ही साली बाहर निकल गई। ब्लडी एनिमल!" घुटने मोड़ते हुए वह मन ही मन बोल पड़ा।

पेपर उठाकर उसने दूसरा पन्ना खोला—

"बथ्र्स..."

"ब्रागान्फा-टु हेलन अण्ड जोसेफ...प्यारा-सा मुन्ना...ईश्वर की माया।"

हेलन...आखिर यह हेलन कौन-सी है? क्या उमर होगी?

मायकेल ने सामने की दीवार पर देखा...शादी के समय का चर्च से बाहर निकलते वक्त का लिया हुआ दोनों का फोटो उस दीवार पर न था...कहाँ गया? मैंने कब निकाल डाला? उसे कुछ याद न आ रहा था। मैंने अपने हाथों वह फोटो निकाला?...हाथ में सफेद फूलों का गुच्छा लिए—फ्राक पहनी हुई हेलन...उसका फोटो दीवार पर से मैंने कब निकाल डाला? कुछ साल पहले ख्रिस्त का फोटो दीवार पर लटकाते वक्त मायकेल स्टूल पर से नीचे गिर पड़ा था—और उसी वक्त घुटना सरक गया था। उसके बाद वह कभी भी स्टूल या कुर्सी पर न चढ़ा था। फिर इतने ऊपर टंगा फोटो आखिर निकाला किसने?

उसे कुछ भी याद न आया। आदमी मरता है—सब कुछ चला जाता है। उसकी याद तक नहीं रहती। स्मृति तक शेष नहीं रहती। हेलन के गुज़रने पर

क्रम से हर साल, चार बार मायकेल ने टाइम्स में 'इन मेमोरियल' के स्तम्भ में उसकी स्मृति में व्याकुल होकर चार वाक्य छपाए थे :

"ए लाइट फ्रॉम माय हाउस इज़ गौन
ए वाइस आय लव्ड इज़ स्टिल
ए प्लेस इज़ वेकण्ट इन माय होम
दैट नेव्हर विल बी फिल्ड"

मायकेल को ये चार वाक्य याद आ गए। ये उसने फिर-फिर मन में दोहराये-जिलाए :

ए लाइट इज़ गौन...प्लेस इज़ वेकण्ट। नेव्हर विल बी फिल्ड नेव्हर... नेव्हर...नेव्हर!

हेलन की ही मीठी और ऊंची आवाज़ में वे शब्द मायकेल के कान में गूँज उठे। हेलन की ही आवाज़...उसी की! पड़ोस से हिन्दू घर में दोपहर पूजा के वक्त घण्टियाँ बजतीं...वैसी ही मीठी...वैसी ही गूँजने वाली आवाज़।

हेलन...हेलन

अचानक उसका दिल भर आया। और किसी भावुक याद से उसकी आँखों के कोण गीले हो गए। बरूनियों के बालों पर दो चार-बूँदे अटक गईं। जैसे पानी गिरने के बाद बिजली के तार पर अटक जाती है, वैसी ही।

बंद-सी साँस उसने मुँह से गरम कर छोड़ दी।

हेलन पर कितना प्रेम था? सवाल अचानक ही उसके मस्तिष्क में उठ आया। बच्चों की गेंद अकस्मात् दालान में आ जावे—वैसा। उस सवाल का जवाब उसने खुद के लिए न दिया होता। उस सवाल को ही भूल जाने का प्रयत्न उसने किया होता। पर जैसे दालान के बार बच्चे 'बाल-बाल' कहकर हो-हल्ला करने लगे, वैसे ही उसके मन में अजीब कशमकश हुई। और प्रेम—हेलन पर प्रेम—इतना ही वह बड़बड़ा सका।

इन विचारों से मन बिद्ध हो गया और तभी उसे भूख महसूस हुई। इसलिए वह कुर्सी पर से उठने लगा। घुटनों पर हाथ रखकर वह उठने वाला था। तभी कहीं घुटना न सरक उठे—इस डरावने ख्याल से उसका शरीर कांप उठा। फिर कुर्सी के हत्ते पर हाथ रखकर वह उठा और लंगड़ाता-सा किचन में चला गया।

पन पर दो अण्डे डालकर उसने डबलरोटी के स्लाइस पर खींच लिए, और बनावटी दाँत संभालते हुए वह जुगाली करने लगा। गर्म काफी पेट में पहुँचते

ही उसे कुछ ताज़गी-सी महसूस हुई। पास की खिड़की की ओर खड़े रहकर मायकेल अभी भी दाड़ में फंसे डबलरोटी के टुकड़े चबा रहा था।

...सच बात तो यह है कि मुझे आँखें हमेशा के लिए बंद होने तक हेलन को भूलना चाहिए। उसने घर में मुझे संभाल लिया था। असमाधान के भी कारण थे। फिर भी उसने सभी ओर समाधान के फूल खिला दिए थे। सारा घर बगीचे के फूलों जैसा खिला दिया था। अगर दूसरी कोई होती तो तब-तब हो-हल्ला मचाती रहती और लोगों के बीच खामोखाह छीछालेदर होती रहती, पर हेलन ने वैसा कभी न किया। और कन्फेशन के लिए उसे कभी भी फादर के पास जाना ही न पड़ा...उसकी विस्मृति ठीक नहीं।

ख्यालों के बीच ही सामने की सड़क पर एक गर्भवती चली गई। मायकेल को महसूस ही न हुआ कि वह उसकी ओर देख रहा है। पर उसे बगीचे की कुतिया की याद आ गई। गए कुछ दिनों से वह ग्याभण थी। मोटा पेट लेकर वह लंगड़ाती-लंगड़ाती चलती रहती।

आज अगर हेलन होती तो अपने बच्चे उस कुतिया के पिल्लों से जी भरकर खेले होते। नाचे-कूदे होते...उस ख्याल से मायकेल की नाक से जलते उसाँस निकल पड़े।

और एक स्लाइस लेकर वह बाहर आया। पेड़ के करीब वह सिमट रही थी। उसका पेट ज़मीन को चाट रहा था और स्तन सूज गए थे। मायकेल ने डबलरोटी का टुकड़ा फेंका। पर उसने सूंघा तक नहीं। उसने सिर्फ कष्टपूर्ण नज़रों से उसकी ओर देखा। उसकी आंखें बर्फ के टुकड़े जैसी पिघल रही थीं। उसने टुकड़े की ओर दुर्लक्ष कर घास कुतरना शुरू कर दिया।

"यू आर मीन—व्हेरी मीन..." जलता-भुनता मायकेल अंदर आ गया।

इस घर की बात ही ऐसी है...मेज़ पर लगे दाग-पड़े काँच में उसने अपना चेहरा देखा। हड्डी पर खिंची चमड़ी झुक रही थी और मटके में रखे कपड़े जैसी उस पर काफी झुर्रियां पड़ी हुई थीं। निस्तेज आँखें फीकी-फीकी हो गई थीं...

अपना चेहरा देखते हुए मायकेल काफी समय तक खड़ा रहता, पर उसी समय बाहर की सड़क पर से किसी हिन्दू का शव गाते-बजाते गया। इस तरह के शव रात के समय जाते, तब मायकेल दांत-होंठ चबाते हुए जल-भुन जाता। कारण अजीब वाद्यों की वजह से उसकी नींद उचट जाती थी और सीने में अज़ीब घड़-घड़ शुरू हो जाती थी। पर आज उसे गुस्सा न आया—बल्कि आज या कल शायद जल्दी ही इस तरह की दशा मेरे भाग में भी वदी है, इस तरह के ख्याल

उसके मन में भूत जैसे नाचने लगे और अनजाने ही उसकी उंगलियां उसके कंधों का स्पर्श कर गईं—बिलकुल अनजाने ही—साँस की हलचल की तरह ही।

उसे लगा—इस समय ख्रिस्त की आराधना की जावे। दीवार पर टंगे ख्रिस्त के फोटो के सामने घुटने टिकाए और ख्रिस्त जैसी गर्दन तिरछी कर कुछ समय चिंतन किया जाए। पर उसे फिर घुटनों का ख्याल हो आया और जैसे बुखार उतरने पर आती है, वैसी थकान महसूस होने लगी। इसलिए बैठे-बैठे ही पांव सीधे कर उसने जेब की माला निकाली, और...

बाहर के जालीदार दरवाज़े से कोई झांक रहा है, ऐसा उसे संशय हुआ।

"हू इज़ देअर मैन?" दांत किट-किट बजाते हुए उसने पूछा।

"मे आय कम इन्?"

"येस प्लीज़!"

पतलेश रीर की और रेशम-सी दिखाई देने वाली एक लड़की ऊँची एड़ी की टक-टक आवाज़ करती अंदर आई। कहने की राह न देखकर उसके सामने ही बैठ गई। और हाथ का बैग खोलकर बोली—"आपको साबुन खरीदने हैं?"

उसके बैग खोलते ही साबुन की मादक गंध हवा के साथ तैरने लगी। मायकेल को लगा, उस हवा को पूरी तरह सीने में रख लेवे। उस मादक गंध से उत्तेजित होकर वह खुद को ही क्षण-भर भूल बैठा। उसकी आंखें भले ही उस लड़की की ओर लगी हों, पर उसका ध्यान उस मादक सुगंध में ही चिपका हुआ था।

वह पच्चीस साल की लड़की बेकार ही हँस दी।

"क्यों? क्या बात हुई?" मायकेल ने आँखों में नज़र सिमटी।

"पसंद आया साबुन? उसके होंठों पर हंसी बिखर गई।"

"मार्डन कंपनी के साबुन बड़े अच्छे होते थे!" उसने हाथ का साबुन सूँघ लिया।

"पर वह तो अब न रही।"

"वह?" गले में कुछ अटक गई।

"मतलब मार्डर्न कंपनी।"

"ओह!"

"उसे बंद हुए तो काफी दिन हो गए।"

"उस कंपनी में सुषमा फर्नांडीस नाम की एक सेल्स गर्ल थी।"

"वह साबुन दे जाती थी?"

"येस! नम्बर आफ टाइम्स।" निकलते उसाँस की ओर उसका ध्यान न गया।

''आपके महीने-भर में कितने साबुन लग जाते होंगे?''

मायकेल कुछ हड़बड़ा गया। सच पूछा जाए तो अकेले आदमी को साबुन कितने लग सकते हैं? पर सुषमा जब-जब आती थी वह उससे साबुन लेकर रख लेता था। आगे जब सुषमा न आई, फिर भी कई सालों तक वह वही साबुन उपयोग में लाता रहा। पर यह सारी बातें उससे क्योंकर कहीं जाएँ? इसलिए वह संभलकर बोला–''मैं तो यहां अकेला ही हूँ। मुझे कितने साबुन लगेंगे?''

''फिर माडर्न के कितने साबुन लेते थे आप?''

''माडर्न के?''

''सुषमा के।''

''ओ-ओ! फार्गेट इट! देट्स ए डिफरण्ट स्टोरी।'' मायकेल हँस दिया, जैसे कुछ छुपा-सा रहा हो।

''आप यहाँ अकेले ही हैं?''

''हां! अकेला ही!'' उसे लगा, कहे–''भूत जैसा अकेला'' पर इस तरह का सवाल उसने क्योंकर पूछा? सुषमा ने भी इसी तरह का सवाल पूछा था। पर बीस साल पहले। उस समय उस सवाल से कई मीठी-मीठी बातें उभर आईं थीं, पर अब इस उम्र में उसे इस तरह का प्रश्न क्योंकर पूछना चाहिए? क्योंकर?

''क्यों?'' कुछ बातें उभरें इसलिए उसने फिर पूछा।

''वैसे ही! मतलब दो टिकिया काफी होंगी!''

''हाँ, दो तो काफी हो जाएँगी।''

''हूँ!''

''हाँ-हाँ, रखो!''

पल-दो पल सन्नाटा रहा। फिर जैसे कुछ याद-सा आया हो, उसने पूछा–''सुषमा का नाम आपने नहीं सुना होगा?''

''सुषमा–'' वह गंभीर होकर कुछ याद करने लगी।

''सुषमा फर्नांडिस–''

''मेरी ही उम्र की होगी?''

''ओ नो! यह बात तो बीस साल पुरानी है। तभी वह पच्चीस साल की थी। मतलब अब पैंतालीस साल हो चुके होंगे।''

''मुझे तो कुछ भी ख्याल नहीं आता।''

''वह फिर मुझे मिली ही नहीं।''

''कई बार आपको मिली होगी?''

— —

मायकेल के लिए प्रश्न अजीब-सा था। उसने इस तरह का प्रश्न पूछा ही क्यों? मिली हो या न मिली हो, पर इसे क्या लेना-देना।

''वह बड़ी आकर्षक थी।''

''अगर यही साबुन लेकर वह आती तो शायद ज़्यादा साबुन बिक जाते।''

दोनों अनायास हँस पड़े। इस तरह की हँसी मायकेल काफी दिनों बाद हँसा था। उसे ख्याल तक न था कि वह इस तरह हँसेगा।

वह उठकर चली गई। फिर भी मायकेल काफी समय तक साबुन सूँघता बैठा रहा। हिलतीं आरामकुर्सी पर काफी देर तक झूलता रहा। आज ही यही या इससे भी कम सुगंध वाले साबुन लेकर सुषमा आती तो?...सुषमा के शरीर की सुगंध से ही ये घर तृप्त हो जाता...

ऊँची एड़ी के जूते पहनकर टक-टक करती जब वह चलती थी तब तंग फ्राक में उसके नितंब, नीचे-ऊपर होते रहते थे। कसी बाडी उसके उस पारदर्शक फ्राक से उठी-उठी दिखाई देती थी और मन बेचैन हो उठता था। कितना लहराता और मचलता शरीर था। मानो दूध की मलाई से ही बना हुआ था। सिर्फ जलती स्मृति से ही उसका मन विचलित हो गया।

और उस विचलित मन में, बीस साल पहले जो सवाल तंग कर रहा था, वह आज भी उठ आया। सुषमा का व्यवहार इस तरह क्योंकर हो गया? वह झटके के साथ करीब आई और झटके के साथ दूर चली गई। वह इस तरह क्योंकर हो गई? एक रात इस घर पर रही। सिर्फ एक ही रात। एक ही रात उसने इस घर बिताई थी। फिर इस घर से मुँह मोड़कर जो गई तो वापस ही न आई। दिखाई ही न दी। उसके बाद मायकेल का जीवन-वस्त्र फटता ही चला गया। समृद्ध पेड़ के पत्ते जैसे गिरते जाएं वैसे ही दिन गिरते गए...

वह आई और चली गई। याद बनी रही। स्मृति में चिपकी रही। याददाश्त के लिए एक रात की याद छोड़ गई। इस तरह की याद हेलन भी न छोड़ गई थी। उसके दस साल के सहवास में इस तरह की लकीर उभरी ही न थी।

इस तरह की अजीब लड़की मायकेल ने जिन्दगी में न देखी थी—ऐसी लड़की की कल्पना तक उसे न थी। उसने अपने शरीर का स्पर्श-मात्र भोगने दिया। रेशमी बालों पर अंगुलियां फिराने दीं और मदहोश सुगंध वाली साँस में डुबोकर—बेभान कर दिया...

वह एक रात...

वह करवट लेने लगी तब उसके गले में पड़े लाकेट पर—जे. के. शब्द लिखे नज़र आए। मायकेल ने लाख कोशिशें की पर उसने उसका रहस्य न खोला।

—और जल्दी-जल्द में आधी रात के बाद ही चली गई।

शहद की बूँदनुमा दिखाई देने वाली आँखें कुछ धुँधला गई थीं। कान गर्म हो उठे थे। साँस दग्ध थी। नाक फूल गई थी। सीना नीचे-ऊपर हो रहा था। सारा शरीर अजीब तरह से ऐंठ गया था। पर वह न ठहरी। मायकेल की एक न सुनी। लिपस्टिक होंठों पर लगाते हुए वह कांच के सामने आ गई। बाल संवारे और बाहर निकल गई...आकाशदीप में घूमते चित्र—जैसे सारे ही चित्र मायकेल की नज़रों के सामने घूम गए।

उसके बाद वह कभी न दिखाई दी। उसको ढूँढ़ने के लिए उसने चप्पा-चप्पा छान मारा। पर हाथ कुछ न लगा। वह फिर आएगी और शादी की बात चलाएगी इस ख्याल से उसने कन्फेशन भी न किया। पर वह न आई। और कन्फेशन भी रह गया। सुषमा ने कन्फेशन किया होगा? कैसे पता पड़े? या वह अभी भी आने वाली है?—अब किसलिए आएगी? अब बचा ही क्या है?

—अब बचा ही क्या है?

मायकेल खिड़की से टिककर खड़ा रहा—ठीक वैसे ही, जैसे कोई पेड़ गिरकर दूसरे पेड़ से टिका रहे।

पल-दो पल उसका मन बेचैन रहा। मन में कोई ख्याल है—इसकी जानकारी ही न थी। बड़ा-सा बादल धीमे-धीमे आसमान में सरक जाए और उसकी स्याह छाया ज़मीन पर पड़े—उसी तरह उसका मन आच्छादित हो गया। कुछ पल बाद वह होश में आया, तब सामने के पेड़ के पत्ते चुपचाप नीचे गिर रहे थे। उतनी ही बात उसके ध्यान में आई। पत्ते गिरे जा रहे थे—एक के बाद एक। पीले—सूखे-सूखे...

पहले गाते-बजाते गए शव की तालियों की आवाज़ उसके कान में फिर घूमने लगी। वह शव अभी भी आस-पास ही है—दूर नहीं गया—उसे इस तरह महसूस होने लगा। और एकदम उजड़े भय से उसके हाथ गीले हो गए।

मायकेल ने कोट पहना, लकड़ी ली और लंगड़ाती चाल से बाहर आया। घर को ताला लगाया और बागीचे में आया।

पेड़ के करीब बदन को सिकुड़ाए, चपटे पेट की कुतिया पूँछ पर लगे खून को चाटती बैठी थी। "यू डर्टी क्रीचर! मेरी डबलरोटी पर ज़िन्दी रही और पिल्ले और कहीं जाकर दे आई?" मायकेल ने तुच्छता से थूका।

"यू गो टू डाग्ज़।" घुटनों को पकड़कर वह झुका और धीरे से खपरैल के टुकड़े को उठाकर कुतिया को मारते हुए कुड़कुड़ाया, "गेट अवे—गेट अवे! डोन्ट स्टे हियर..."

पर कुतिया अपनी जगह से हिली ही नहीं। पूँछ चाटती बैठी रही और मायकेल भारी मन से आगे बढ़ गया। उसने चर्च की सीढ़ियों पर पांव रखा और घण्टे की गूँजने वाली आवाज़ गूँजी—एकदम अकस्मात्। और घण्टे की गूँज से मायकेल को लगा, कहीं उसके दिल की धड़कन बंद तो नहीं पड़ रही है।

"आय मस्ट कन्फेस...आय मस्ट!"

जेब में हाथ डालकर उसने माला निकाल ली और वह माला फेरने लगा।

घण्टे पर एक और टोला। गूँज तैरती हुई मायकेल के कानों से टकराई।

"बिफोर आय डाय...आय मस्ट कन्फेस!"

"इन्कलाइन अपटू माय एड, ओ गाड।"

"ओ लार्ड मेक हेस्ट टू हेल्प मी...ओ फादर..."

मायकेल के हाथ की मणियां अनजाने ही आगे बढ़ने लगीं। और जीभ मुँह के मुँह में चिपकने लगी।

"ओ लार्ड...ओ फादर..."

घण्टे की टोलों से सारी हवा कुंठित हो गई। एकदम मुरझाई-सी। उसे लगा जैसे वह बर्फ की सिल्ली के नीचे आ गया है। दांत एक पर एक चढ़ने लगे—टकराने लगे।

"नीलर" पर घुटने टेककर मायकेल ने गर्दन नीची की। फाँसी के तख्ते पर लटके आदमी जैसा वह कुछ समय तक निर्जीव-सा हो गया।

परदे के पीछे फादर है—इसकी सूक्ष्म-सी जानकारी होते ही...

"और फादर...आय कन्फेस...बीस साल पहले सुषमा के चक्कर में जो न होना था वह हो गया...आज भी उसकी याद से मन पगला जाता है। मैं पागल हो गया हूँ। आय ऐम् मैड...ओ फादर!"

"इन द नेम आफ गाड यू आर अबसाल्वड्...अब बची ज़िंदगी अच्छी तरह से बिताओ!" परदे के पीछे से धीमी, क्षीण आवाज़ आई।

—और अंधेरे में टटोलते-टटोलते प्रकाशपुंज हाथ आया। गर्मी की जलन के बाद विवंगरा बरखा हो गई। डूबते-डूबते मज़बूत सहारा मिल गया।

ताज़ा होकर मायकेल उठा। मुर्झाए मन में अंकुर फूट आए। वह खड़ा रहा और लकड़ी पर भार न देकर चलने लगा

चर्च की सीढ़ियों पर पांव रखते ही उसे लगा, घण्टे का टोला पड़ेगा, पर न गिरा। पहले भी घण्टे पर टोले पड़े थे या आभास या भ्रम-सा हुआ? पर विचार

टिक न पाया। कारण उसका मन शीतल हो चुका था। नहाने के बाद आने वाली ताज़गी वह महसूस कर रहा था। एक जंजाल से वह आज़ाद हो चुका था।

मेरी के पुतले की ओर मुड़कर मायकेल ने तर्जनी का कंधों से स्पर्श किया, और वह बड़बड़ाया—

"होली मेरी, मदर ओ गाड......"

प्रे फार अस सिनरर्स नाउ

एण्ड एट द एवर ऑफ डेथ...

उसका मन प्रसन्न हो उठा। बिलकुल वैसे ही जैसे सुगंधित साबुन से नहाने के बाद साबुन के मंद तैरती खुशबू से मन प्रसन्न हो जाता है—

उसी समय पेड़ की ओर सड़क पर किसी स्त्री ने उसकी ओर देखकर कदम तेज़ कर दिए—ऐसा आभास हुआ। आँखों के किनारे से उसे ऐसा दिखाई दिया। इसलिए मुँह खुला रखकर मायकेल ने उस ओर निहारा। पर उसने दूसरी ओर किया चेहरा अजीब-सा दिखाई दिया। उसकी शरीर-यष्टि, बनावट और नितंब देखकर उसे सुषमा की याद हो आई। यह सुषमा ही तो नहीं है?...साबुन की सुगंध नाक पर लहराने लगी।

हाथ की मणियों की माला जेब में डालकर मायकेल तेज़ चाल से चलने का प्रयत्न करने लगा। उसे सामने से देखने की उत्कण्ठा बढ़ गई। पाँव की लकड़ियाँ आगे-आगे डालते हुए वह तेज़ चलने लगा। और तेज़ चले तो उसके करीब पहुंच जाएगा—वह इरादा कर ही रहा था कि वह सामने ठहरी हुई टैक्सी में बैठी और देखते-देखते अदृश्य हो गई।

उसके टैक्सी में बैठते वक्त उसका जो चेहरा दिखाई दिया, उस पर से उसे फिर लगने लगा कि वह सुषमा ही होगी...टैक्सी घूमते वक्त उसने मेरी ओर क्योंकर देखा?...वह क्या मेरे घर की ओर देख रही थी?...सुषमा ही...वह सुषमा ही...

मेरी की ओर न मुड़ा होता तो वह मिल गई होती, इस तरह का ख्याल आते ही उसकी पीठ गुदगुदाने लगी। सच पूछा जाए तो वह अधिकतर मेरी की ओर कभी न घूमता था। आज ही मुड़ा और ज़्यादा देर तक ठहरा। इसलिए मन अजीब-सा हो उठा। अभी भी वह उसी तेज़ी के साथ चल रहा है, यह बात उसके ध्यान में आ गई और कहीं घुटने सरक तो नहीं रहे हैं, इस ख्याल से देखते-देखते वह ढीला पड़ गया। चाल धीमी हो गई। उसे थकान-सी महसूस होने लगी। पलकें भारी-भारी हो गईं। खून जमने लगा। सुषमा की मुलाकात होती तो उसके गर्म

आलिंगन में कितनी गर्माहट मिलती, इस ख्याल से उसका शरीर कांपने लगा।

वैसे ही वह जैसे-तैसे घर आया। फाटक के पास पड़े पत्थर के पास बैठ गया। पिचके पेट वाली कुतिया पास सरकती आई और वह उसका घुटना चाटने लगी–तब उसका मन गद्‌गद हो गया। उसके सिर पर हाथ रखकर मायकेल बड़बड़ाया–"कहाँ पिल्ले दे आई?–इस घर की बात ही ऐसी है...।"

उसकी नाक से गर्म साँस निकल पड़ी।

"सुषमा का बच्चा होता तो तुम्हारे पपी से खेला होता...खेला होता..."

घायल हुए पक्षी जैसा मायकेल का मुँह खुला रहा। भारी हुए सिर का भार उसने पीछे के खम्बे से टिका दिया। जलती मोमबत्ती गिर जाए, उस तरह उसकी आँखें गालों पर लकीर खींचती हुई पिघलने लगीं।

❑❑❑